Herstellung Libri Books on Demand
ISBN 3-8311-1344-0

1

Die Szene in der Klasse nahm turbulente Ausmaße an. Frau Kleinerüschkamp war der Verzweiflung nahe: „Ich bitte doch endlich um Ruhe. Man versteht ja sein eigenes Wort nicht mehr." In der sechsten Klasse Religion und dies ausgerechnet in der fünften Stunde, wo die meisten sich kaum noch konzentrieren konnten, das war die Hölle.

„Ich stelle das Thema zur Diskussion, wenn das für heute zu schwierig ist", machte sie erneut einen Fehler.

„Ja, wenn die schon nicht weiß, was sie will!"

Und immer wieder die gleichen völlig unsachlichen Bemerkungen dazwischen. Einer machte sich den Spass, auf jede Aussage mit dem Standardsatz zu fragen: „Was hat das denn mit Afrika zu tun?", konnte sich selbst dabei nicht mehr halten vor Lachen.

„Die Stunde ist gleich vorbei und wir haben noch nicht einmal begonnen."

„Aber was hat das denn mit Afrika zu tun?", und so weiter. Einige taten so, als sei die Lehrerin überhaupt nicht da, das war fast noch schlimmer. Sie schauten völlig stumm und teilnahmslos durch sie hindurch, egal was sie sagte. Das schien wieder eine neue Masche zu sein, brachte auch andere Kollegen inzwischen zur Verzweiflung. Kleinerüschkamps Kehlkopf bibberte rauf und runter, rote Flecken bildeten sich an ihrem Hals. Aber Kinder in diesem Alter von elf bis zwölf Jahren kennen da kein Mitleid. Hier erholten sich einige von der anstrengenden Mathestunde zuvor, hatten das Gefühl sich einmal gehen lassen zu können, rächten sich vielleicht an dieser Lehrerin sogar für in anderen Stunden erfahrenes Leid und verletzten Stolz. Konnten die sich denn noch vorstellen, wie das war, wenn man nach intensiver Paukerei, mit Unterstützung von Nachhilfestunden vielleicht noch, wieder mit einem Fünfer oder Sechser dastand, damit nach Hause gehen musste? War es nicht schon schlimm genug, dass die Eltern sich ständig stritten, der Vater schon längst das Weite gesucht hatte oder einer der Eltern arbeitslos war, das Geld vorne und hinten nicht reichte?

Und zum x-ten Male: „Wenn ihr kein Interesse an Religion habt, könnt ihr euch doch abmelden. Ich stelle zur Wahl, wir können über 'Werbung im Fernsehen' sprechen. Außerdem haben mir einige gesagt, dass sie sich gerne mal über Sekten auseinandersetzen möchten. Mehr im Bereich Moral und Ethik ..." gibt sie den Kampf noch nicht auf, obwohl ihre Stimme fast versagt. Irgendwann muss der Widerstand brechen, was soll sie ins Klassenbuch schreiben? Aber diese eisigen Mienen in der ersten Reihe lockerten sich nicht auf, brachten sie zur Verzweiflung. Die bravsten Mädchen sitzen da und schauen durch sie hindurch, ausdrucks- und bewegungslos wie Puppen. Wenn das stärker um sich greift? Nur an den Mündern sieht man kleine Falten, ist zu erkennen, dass es ihnen Kraft kostet, sich so zu verschließen.

Plötzlich in einen stillen Augenblick hinein, wie eine Peitsche trifft sie die Frage: „Glauben Sie denn an Gott?" Und alle starren sie gespannt an.

Frau Kleinerüschkamps Gesichtsfarbe ändert sich von rötlichgrau zu kalkweiß. Ihr Gesicht ist verzerrt, als sie hervorstößt: „Das ist ja eine Unverschämtheit, jemanden so einfach mit einer solchen Frage zu überfallen! Eine unglaubliche Frechheit ist das! Da ist die erste Eintragung in das Klassenbuch fällig. So jetzt hört der Spass aber auf, meine Damen und Herren, jetzt wird's ernst!"

Die lassen sich aber heute nicht einschüchtern und erste Kommentare dringen nach vorne, aber wieder so, als sei sie gar nicht anwesend: „Wenn die das nicht mal selbst beantworten kann. Was sollen wir dann hier und spielt sich auf, ist doch unmöglich! Ich habe schon bald Kopfschmerzen von der ihrem Gebrülle! Das werde ich meiner Mutter sagen, was hier heute wieder los war und dabei sitzen wir ganz ruhig da. Müssen uns hier ständig anmeckern lassen."

Da hinten, ist das die Rettung? Obwohl sie bei dem besonders vorsichtig ist, weil der meistens die spitzesten Bemerkungen macht. Kleinerüschkamp schaut zu Klaus hin, der im Gegensatz zu den anderen das Religionsbuch aufgeschlagen hat und konzentriert, um nicht zu sagen angestrengt versucht, etwas aufs Papier zu bringen. Zumindestens ist das eine Möglichkeit, die Aufmerksamkeit von sich abzulenken, denn ihre Beine fangen schon an zu wanken und nicht einmal die Hälfte der Schulstunde ist bisher herum.

Sie geht ein paar Schritte tiefer in den Klassenraum hinein, das hebt das Gefühl der Konfrontation etwas auf. Daran hätte sie schon eher denken sollen, schöpft sie neue Hoffnung. Jetzt bloß einen kühlen Kopf bewahren. Die Klasse scheint ihrer Blickänderung zu folgen. Tatsächlich hat Klaus das Religionsbuch vor sich liegen, kaut dabei sogar nervös an seiner Unterlippe herum, scheint an einem ernsthaften Problem zu tüfteln, in einer ganz anderen Welt zu sein. Und wenn der nur ein religiöses Motiv zeichnet, mit Malen verbringt er oft seine Zeit, ließe sich wunderbar daran anknüpfen. Ihre Erwartungen steigen hoch. Vielleicht noch ein paar Minuten was Sinnvolles aus der Stunde machen. Vorsichtig nähert sie sich dem kleinen Grübler und sieht, wie er dabei ist, einen kleinen Text zu verfassen, dabei immer wieder prüfend ins Buch schaut. Alle sind stumm, starren auf die Lehrerin und ihr neues Opfer.

„Hier scheint es doch noch eine Ausnahme zu geben", brüllt sie auf einmal los, hat sich ihre geschundene Stimme noch nicht an die plötzliche Stille gewöhnt.

Der kleine Klaus Fischer schreckt mit hoch und sieht sie auf sich zustürmen und nach dem Blatt greifen: „Es gibt wohl doch jemanden, der sich mit religiösen Fragen auseinandersetzt. Darf ich mal sehen, was dich da so interessiert beschäftigt?" Im letzten Augenblick kann er das Papier noch greifen, hat er es ihr gerade noch wegschnappen können. Die Klasse hält die Luft an. Sie will aber noch nicht aufgeben, schnappt nochmals nach dem Blatt. Da zerreißt er es schnell vor aller Augen, legt die Schnipsel lächelnd vor sich hin.

„Das hättest du dir so gedacht", ist sie da aber wieder ganz in ihrem Element und grapscht blitzschnell nach den Fetzen.

„So, das wollen wir doch mal sehen, ob hier jeder machen kann was er will. Das wird ein Nachspiel haben. Darauf kannst du dich verlassen. Ihr schreibt alle die Seiten ... bis ... ab und mucksmäuschenstill - bitte ich mir aus."

Sie nimmt den kleinen Haufen Schnipsel vorsichtig mit zu ihrer großen prallgefüllten Aktentasche, holt kriminalistisch einen Umschlag heraus und tut sie hinein. Klaus hat dafür nur ein spöttisches Grinsen übrig.

2

Es schien höchste Gefahr in Verzug. Nur mit knappen Worten hatte der Rektor Klaus Fischers Mutter gebeten, ihn dringend noch am gleichen Nachmittag zu einer Besprechung aufzusuchen. Sie musste ohne Vorbereitung hingehen, da ihr Sohn, falls er früher

Schulschluss hatte als sie, die Direktorin an einer Real-
schule war, meistens zu seiner Tante ging, dort aß und
manchmal schon mit den Schularbeiten begann.
Ihre kinderlose Schwester machte das gerne, hing
sehr an ihrem Neffen und Frau Fischer war froh, dass
diese Möglichkeit der Betreuung existierte und so gut
wie nie Engpässe auftraten, auch wenn sie nachmit-
tags längere Konferenzen hatte. Trotz der Beunruhi-
gung, was würde es jetzt nützen, mit dem Sohn zu
telefonieren oder bei der Schwester vorbeizufahren,
der konnte ihr ja das Blaue vom Himmel erzählen und
die Schwester wurde besser nicht hineingezogen. Die
beschwerte sich ohnehin über ihren strengen Erzie-
hungsstil: „Was du immer hast, lass doch den Jungen
mal. Wie du mit ihm umgehst...!", waren ihre häufigsten Worte. Die konnte gut reden, hatte ja nicht die
Verantwortung.

Mit schnellen Schritten betrat sie das imponieren-
de Gebäude des altsprachlichen Gymnasiums. Zu
ihrer Zeit war dies noch eine reine Jungenschule. Erst
seit einigen Jahren wurden an beiden höheren
Schulen der Stadt Mädchen und Jungen gemeinsam
unterrichtet. Breite, hohe Flure empfingen sie und nur
vereinzelt waren da noch Schüler. Eine ältere Person,

die nur als Lehrer zu identifizieren war, kam ihr entgegen und konnte bestimmt Auskunft nach dem Sekretariat erteilen.

„Sie stehen schon fast davor. Gleich links die zweite Tür," machte der sich eilig davon. Sie wunderte sich, dass der Rektor sie um diese Zeit noch sprechen wollte. Es musste bestimmt etwas Dringendes sein, sonst würde der sich jetzt nicht mehr in der Schule aufhalten.

Nervös öffnete sie die Tür zum Sekretariat. In dem Vorzimmer war niemand mehr, aber die Tür zum Rektorenzimmer stand einen Handbreit offen, und es waren scharrende Geräusche zu hören, als ob jemand einen Stuhl zur Seite rückte. Da tauchte schon das bekannte Gesicht des Schulleiters in der Tür auf. Gleichzeitig warf er einen Blick auf die Uhr: „Sie müssen Frau Fischer sein. Schön, dass sie gleich gekommen sind", sagte er aber ohne jede Freundlichkeit. „Sehr unangenehme Sache. Bitte setzen Sie sich. Mir fehlen wirklich die Worte. Frau Kleinerüschkamp hat in der Religionsstunde ihrem Sohn diesen Zettel abgenommen. Ich hoffe, sie ersparen mir dazu jeden Kommentar, und es wäre wohl für alle Beteiligten besser, darüber völliges Stillschweigen zu bewahren.

Sie werden Verständnis dafür haben, Frau Kollegin, wenn Sie dieses Schriftstück gelesen haben, dass ich Sie ganz dringend bitten möchte, ihren Sohn von unserer Schule zu nehmen. Sie wissen, dass wir als Stiftungsschule einen ganz besonderen Auftrag haben, was die Bewahrung abendländischer kultureller und religiöser Werte angeht."

Mit diesen Worten übergab er ihr ein wie ein Puzzle zusammengesetztes Stück Papier. Auf der Rückseite wurden die Einzelteile mit Tesafilm zusammengehalten, was unschwer zu fühlen war. Die Situation für Frau Fischer war so unangenehm, dass sie sich kaum auf das Schriftstück konzentrieren konnte. Was konnte da von einem elfjährigen Kind geschrieben stehen, dass eine solche Konsequenz haben sollte, wie der Rektor sie in einer derartigen Bestimmtheit forderte. Nicht einmal einen Kommentar wollte er dazu abgeben. „Es tut mir leid, aber ich habe noch einen Termin außerhalb der Schule. Verzeihen Sie, dass ich mir nicht mehr Zeit nehmen kann", unterstrich er sein Vorhaben, sich auf keine Diskussion einzulassen.

Frau Fischer erkannte sofort die Schrift des Sohnes, las nur die erste Zeile genauer und überflog völlig entsetzt den Rest. Damit hatte sie nicht gerechnet, das übertraf ihre schlimmsten Erwartungen. Tonlos sprach sie den ersten Satz in sich hinein: „Du sollst auch andere Götter neben mir haben." Einige andere Veränderungen waren an den zehn Geboten vorgenommen worden. An einer Stelle stockte sie beinah atemlos: „Du sollst die Schwächsten und die Kinder achten, auf dass ....."

Der Rektor sah tief berührt an ihr vorbei. Sprachlos stand sie auf. „Vielleicht hat es damit zu tun, dass er ohne Vater aufgewachsen ist", sagte sie mit schwacher Stimme. Ihre Blicke flehten den Mann um Entschuldigung an.

Der zeigte keinerlei Mitleid: „Ja, ohne Vater aufgewachsen", kam dies eher als Vorwurf zurück, als ob er sagen wollte, sind ja schöne Zustände.

„Es waren sehr schwere Umstände ... ", flüsterte sie nur noch und hätte beinahe ihr bestgehütetes Geheimnis über die Geburt ihres unehelichen Sohnes preisgegeben.

Tränen stiegen ihr in die Augen. Die Stimme versagte endgültig und ohne ein weiteres Wort zu sagen verließ sie den Raum.

3

Die Haustür klappte zu. Endlich kam er herein. Meistens kam zur Begrüßung der Satz: „Wo kommst du denn jetzt erst her?", und es folgte die fast immer gleiche Antwort, dass er doch bei der Tante gewesen sei, Schularbeiten gemacht, dem Onkel in der Werkstatt geholfen habe oder sonst etwas Wichtiges da passiert sei. Misstrauisch sah er sie an, als nicht das übliche Ritual ablief. Den Zettel hatte er längst vergessen. Stumm hielt sie ihm das Papier hin: „Kannst du mir erklären, was das soll. Ich musste zum Rektor kommen und soll dich von der Schule nehmen."

Ihre ganze Art und vor allem der bedrohliche Ton ihrer Worte erschreckten ihn zutiefst, so dass er augenblicklich zu weinen anfing. „Du erklärst mir jetzt, was du dir dabei gedacht hast", zerrte sie an seinem Arm.

Kaum hörbar: „Das war doch nur ein Spass. Ich habe es ja zerrissen, damit es keiner liest. Gib es mir zurück, es gehört mir. Hätte ich nur einen Vater", sagte er dann mit Trotz in der Stimme, wusste, wie er sie treffen konnte.

Da verlor sie völlig die Beherrschung: „Jetzt wird er auch noch unverschämt. Was glaubst du wer du bist? Sofort entschuldigst du dich für diese unglaubliche Schmiererei!"

„Das gehört mir! Das geht dich gar nichts an, was auf diesem Papier steht!" Seine Tränen sind verschwunden. Rasend vor Zorn steht sie auf: „Dir werde ich es zeigen, auch noch frech zu werden. Plötzlich steht sie mit dem Besenstiel in der Hand vor ihm, hat ihn umgedreht und schlägt zu, immer wieder, wie besinnungslos prügelt sie auf ihn ein. Das Antlitz ist völlig entstellt, Tränen überströmen ihr Gesicht, und sie hört nicht auf mit den Hieben. Verzweifelt schützt er seinen Kopf mit den Armen, treffen die Prügel seinen ganzen Körper, stürzt er zu Boden, ohne dass sie einhält.

„Dir werde ich es zeigen, was glaubst du, wer du bist, du, du ...". „Teufel" wollte sie sagen, das war in ihren grimassenhaften Gesichtszügen zu lesen.

4

Nur ein dünner Lichtschein drang aus dem kleinen Dienstzimmer hinter dem Tresen in der großen Eingangshalle der Klinik. Erste Patienten kamen von ihrem Abendausgang zurück, trugen sich zuerst in den Ausgangsbüchern als 'wieder anwesend' ein, stöhnten unter der Last ihrer schweren Einkaufstüten oder nur unter der des vergangenen Tages und schimpften laut über das beginnende Herbstwetter: „So eine Patsche, nach ein paar Schritten schon klitschnass und dabei war das kein richtiger Sommer, nicht so wie in den Jahren zuvor und nun schon wieder diese Dunkelheit, da fehlt die Sonne, soll man nicht trübe werden, bei so einem Wetter."

Und sie schütteln sich ab, stampfen mit den Füßen, frösteln, klopfen die tropfende Nässe aus ihren Kleidern, den Haaren. Schemenhaft bilden sich immer mehr Gestalten in dem großen Spiegel gegenüber dem Tresen ab, tanzen bunte Flecke der Regenkleidung auf ihm in der schummerigen Notbeleuchtung der Halle. Feuchtigkeit bildet sich auf dem Glas und das Stimmengewirr und Gemurmel muss jetzt auch ins Dienstzimmer dringen.

Aber von dort ist nichts zu hören und zu sehen. Meistens steht einer von denen um diese Zeit am Tresen, überwacht die Eintragungen, macht sporadisch Taschenkontrollen und lässt sogar mal jemanden pusten, um zu überprüfen, dass niemand Alkohol getrunken hat.

„War nicht Dienstwechsel?", wundern sich einige.

„Schwer festzustellen wer da dran ist, wie die immer eingeteilt sind - weiß man doch nie genau."

So unbeliebt die Kontrollen sind, aber so ganz ohne ...? Könnte sich doch jemand von einem anderen eintragen lassen, nach der Rückmeldung wieder rausgehen, die Nacht dann woanders verbringen oder Unerlaubtes in die Klinik einschleppen. Aber es waren nur wenige, fast immer die gleichen, die darauf mit größerer Unsicherheit oder gar Unmut reagierten. Einige meckerten halt immer, wenn ihnen etwas zu streng vorkam ebenfalls. Fast alle waren sich sicher, dass hier Vertrauen gegen Vertrauen stehen müsste und Kontrollen? Wenn es jemand wirklich darauf anlegen würde, war doch nichts zu machen. Zu viele Möglichkeiten gab es da. Schließlich war man nach ein paar Monaten Suchtbehandlung wieder aus der Klinik entlassen und musste dann ohnehin wieder auf eigenen Füßen stehen und je früher man damit anfing ..., dachte doch die Mehrheit.

Die ersten verschwinden in ihren Zimmern, begleitet vom leisen Zischen, Auf- und Zuklappen des Fahrstuhls. Einige verweilen in der gelblich abgenutzten Sesselgruppe, suchen noch die Geselligkeit, fürchten sich vielleicht vor der Stille des Zweibettzimmers oder vor der Nähe des Mitpatienten, den sie sich nicht aussuchen konnten, mit dem sie sich mehr oder weniger gut verstehen. Hier kann man sich aufwärmen, findet noch ein offenes Ohr für Erlebnisse in der Stadt, erfährt die neuesten Klinikinterna, kann dem wichtigen menschlichen Bedürfnis nach Klatsch und Tratsch nachkommen. Die Schuhe können hier ruhig abtropfen, auf dem dunklen Marmorboden, besser als auf dem Teppichboden, der in den Fluren und Zimmern ausgelegt ist.

„Soll doch der Pfleger Habicht geäußert haben", alle lauschen gespannt, die Patienten hätten es doch gut, sie müssten keinen Alkohol trinken, während er selbst offensichtlich unter den Folgen einer feuchtfröhlichen Geburtstagsfeier zu leiden hatte.

Gelächter. „Der sieht ohnehin ständig bleich aus, feiert doch dauernd krank. Wann ist der überhaupt mal da?"

„Wenn der soviel Alkohol trinken muss, der Ärmste", wieder Gelächter, „was haben wir es da gut!"

„In der Gruppenstunde, vor allen Leuten, hat die Sozialarbeiterin Großekathöfer geäußert, sie müsse erst einen trinken, bevor sie etwas mit einem Mann haben könne. Dann hat sie ernsthaft die Frage an uns gerichtet, wie das denn käme. Als ob wir das beantworten könnten."

„Ich habe schon öfter gedacht, dass die vielleicht nichts mit Männern im Sinn hat", tuschelt jetzt einer. Aber so weit will keiner gehen, dafür haben sie zuviel Ehrfurcht vor ihren Therapeuten.

„Das geht uns doch nichts an", sagt eine grauhaarige Dame.

Ab und zu wandern die Blicke zum Dienstzimmer, in dem es völlig ruhig zu sein scheint. Vielleicht lässt sich ja doch einer von denen blicken. Bis dreiundzwanzig Uhr müsste noch der junge Jörg Pagel da sein, der hier nach seinem Abi den Ersatzdienst ableistet. Zunächst hatte man über den häufig gelästert: „Dem kann man ja beim Gehen die Schuhe zubinden, wenn ich schon sehe, wie der sich bewegt, aussieht; was der wohl mal werden will, trübe Tasse irgendwie; hat denn einer noch so lange Haare. Ist doch gar nicht mehr modern und wie der sich anzieht - von gestern alles; schlaffer Typ."

Aber das stille und sehr freundliche, um nicht zu sagen sanfte, immer gut gelaunte oder zumindestens nie mürrische Wesen hatte sich schnell gegen alle Vorbehalte behauptet und es gab kaum jemanden, bei dem er nicht beliebt war und Neuankömmlinge wurden alsbald aufgeklärt: „Lass den mal, der ist völlig in Ordnung, tut dir jeden Gefallen, kannste immer hinkommen, so einen findest du hier nicht so leicht wieder."

Niemand störte sich mehr daran, wenn er wieder einen abgegriffenen, vergilbten Schmöker in der Hand hatte - irgendwas von Hesse, Böll oder Adorno las, so als ob er ständig in einer Traumwelt schwebte: „Na, Herr Pagel, wieder was Neues zu lesen", sprachen ihn vor allem die Patienten an, verwickelten ihn in ein kleines Gespräch.

Und bereitwillig gab der Auskunft, war ganz auf Bescheidenheit bedacht. Schon das Wort 'neu' bereitete ihm Unbehagen: „Nur geliehen, können sie gerne haben, wenn ich durch bin. Hat der ... wohl nichts dagegen, wenn ich es weitergebe. Sehr interessant, besonders diese eine Stelle, soll ich Ihnen die kurz vorlesen?"

Mal war er so engagiert, ohne die Zustimmung des Fragenden abzuwarten und legte gleich los: „Geliebt wirst du nur da, wo schwach du dich zeigen kannst, ohne Stärke zu provozieren (Adorno)." Blickte dann sein Gegenüber gespannt an und nicht selten war jemand angetan.

„Finde ich gut, schreibe ich mir doch glatt auf. Hat was, der Spruch."

Immer hatte der sich da eine Stelle gemerkt und fand sie sogar wieder.

„Aber lassen Sie mal, Herr Pagel, ich will Sie doch nicht länger stören."

Und mit seinem sanften Lächeln vertiefte sich der junge Mann dann wieder in seine Lektüre. So sah man ihn im Bus, in dem Café, in der alten Spinnerei, einem Szenetreff, wo einige Mitarbeiter und vor allem jüngere Patienten verkehrten. Er schien das Lesen jeder anderen Tätigkeit vorzuziehen, war so das, was man sich vielleicht unter einem Bücherwurm vorstellte.

„Eine Freundin hat der wohl nicht", machten sich einige interessiert Sorgen: „Kann ich mir bei dem gar nicht vorstellen, so hilflos wie der wirkt."

Die Zurückhaltung im Dienstzimmer sprach dafür, dass der Klaus Fischer die Nachtschicht von neunzehn bis sieben Uhr morgens für den Pflegedienst übernommen hatte. Da der nur eine halbe Stelle besetzte, war dies nur alle vierzehn Tage für jeweils eine Woche der Fall. Selbst wenn die sich unterhielten, war wenig von ihnen zu hören. Beide sprachen überwiegend gedämpft, flüsterten häufig sogar, als wollten sie niemanden in der Klinik stören. Die Zwei waren alles andere als forsch und zackig, ergänzten sich auf merkwürdige Weise. Wenn sich schon mal einer von denen in der Halle blicken ließ, grüßten die nur freundlich, verhielten sich fast etwas schüchtern, hatten für jeden ein Lächeln, sprachen Einzelne sogar mit dem Namen an: „ Na, Herr Hanke, kräftig eingekauft, ist ja kaum zu schleppen", dachten nicht daran, zur Kontrolle in die Taschen hineinzublicken. Vielleicht weil sie zuviel Respekt vor den Leuten hatten, sich nicht trauten oder sie vertrauten ihnen halt. Die ganze Atmosphäre war anders, wenn die im Dienst waren. Fischer, Anfang dreißig, war gut zehn

Jahre älter als Pagel, wirkte viel abgeklärter, wenn er auch die gleiche Freundlichkeit und Ruhe ausstrahlte, ging etwas Geheimnisvolles von ihm aus, war er doch schwerer einzuschätzen und man wusste nicht so genau, was wirklich in ihm vorging oder lag es nur an seinem Status als 'Beinah-Arzt'. Die dunklen Haare trug er, ebenfalls nicht besonders modisch, halb lang, seitlich gescheitelt und sie fielen ihm ständig in die Stirn, so dass er schon an der Handbewegung zu erkennen war, mit der er sie aus dem Gesicht strich.

5

Es war verwunderlich, wie schnell neue Patienten eingeweiht wurden, niemanden schien es ganz unberührt zu lassen, machte sich jeder so seine Gedanken darüber, dass der Klaus Fischer kurz vor der Approbation seine Ausbildung zum Arzt abgebrochen hatte: „Ich habe gehört, dass ihm da nur noch ein Teil des Praktikums fehlte und hervorragende Zensuren, soll er gehabt haben", rankten Mythen und Halbwahrheiten um Fischers Gestalt.

Er selbst hielt sich stark zurück, was eine Erklärung für sein Verhalten anging. Murmelte etwas von Klischee, das mit diesem Beruf verbunden sei, von dem er sich erschlagen gefühlt hätte, als Pagel ihn mal vorsichtig fragend ansah.

„Hattest du zu viel Mitleid?"

„Ja, das kann auch sein."

„Kann man das verstehen? -, macht dann so eine Arbeit, als Pflegehelfer", war die Meinung vieler.

Nur wenige hielten dagegen: „Der malt doch, wo er geht und steht hat er seinen Block dabei, fertigt Skizzen an, soll ein richtiges Atelier haben."

„Er hat wohl jetzt mit dem Porträtzeichnen begonnen, bringt sich alles selbst bei - autodidaktisch der ganze Typ."

„Würde mich von dem schon malen lassen", verhaspelt sich da eine von den jüngeren Damen beinah. Alle schauen plötzlich auf sie.

„Ja, das glaube ich dir gerne." Ironisch, freundliches Lachen.

Ganz leise, tuschelnd:„Pass auf, dass du da nicht der Frau Dr. Müller in die Quere kommst, die hat doch bestimmt was mit dem. Obwohl die doch verheiratet ist, zwei Kinder hat - weiß doch hier jeder, dass da was ist."

„Wenn ich sehe, in welchem Aufzug die herumläuft, ist doch unglaublich", verteidigt sich die junge Dame, rückt ihren kurzen Mini zurecht, verschweigt den Rest ihrer Gedanken lieber.

Aber es geht schon weiter: „Hat doch der ... gesehen, wie die mitten in der Nacht aus seinem Nachtdienstzimmer gekommen ist und überhaupt, ständig steht sie da im Pflegerdienstzimmer herum, wenn er da ist und auch in der Stadt sieht man sie öfter zusammen."

„Zig Leute haben ihn auch schon mit einer anderen Frau gesehen, einer sehr eleganten, ganz jungen Dame; passten wohl überhaupt nicht zusammen, so lässig wie der sich gibt", mischte sich eine andere ein.

„Na, der wird doch nicht mit Zweien ... ?"

„Kümmert sich doch heute keiner mehr drum."

„Davon träumst du wohl, was?", bekommt er von einer älteren grauhaarigen Dame Kontra, „das würde dir wohl so passen!"

„So war es doch nicht gemeint", wird die junge Dame, die nur mal Modell sitzen wollte, jetzt noch leicht rot, „ich dachte wirklich nur an ein Porträt, sonst nichts. Was ihr gleich für Gedanken habt."

Schlägt dann aber ihre Beine verräterisch elegant übereinander. So leicht lässt sie sich nicht einschüchtern und ganz von Pappe ist sie auch nicht.

Alle lachen.

„Und wenn schon", sagt sie dann noch spitz und alle wissen, was sie meint.

So wie sie hier leben müssen, kann schon mal die Phantasie mit einem durchgehen, ist sie doch das Einzige, was vielen auf diesem Gebiet bleibt.

Nicht immer gibt es hier etwas zu lachen, lassen sich ihre Sorgen und Nöte durch das meist liebenswürdige Getratsche und gegenseitige auf den Arm nehmen vertreiben.

Man kann ja nicht dauernd daran denken, wie es vielleicht den Kindern zu Hause geht, ob der Freund oder die Freundin treu ist, die bloß alleine zurechtkommen, mit der teilweise schrecklichen Vergangenheit im Zusammenleben mit einem Abhängigen fertig werden. Was da alles passiert ist, unter dem Einfluss der Drogen, des Alkohols. Wenn man das ständig an sich heranließe - und wie verarbeiten die zu Hause diese Erlebnisse? Auf der Arbeit die Kollegen, was werden die jetzt über einen denken? Wie soll man das wiedergutmachen? Aber da sagen die Therapeuten ja, darum ginge es nicht. Wie wohltuend ist so ein lockeres Gespräch, eine gute Atmosphäre. Ist vielleicht sogar das Wichtigste. Sonst würde man noch ..., bei dem ganzen Elend.

Mit das Übelste, obwohl kaum jemand darüber sprach, war das Heimweh. Viele hielten die Therapie gar nicht durch, brachen sie vorzeitig ab und merkwürdigerweise meistens gerade die, die überhaupt kein zu Hause mehr hatten. Es war wohl nur die Sehnsucht danach, die sie umtrieb, nicht ruhen ließ. Sie standen dann mit den gepackten Koffern da, ihnen fehlte nicht selten sogar das Fahrgeld und wussten nicht wohin. Auch gutes Zureden, „wir sind doch lange genug weggelaufen", half nichts mehr, hatten die sich erst einmal festgelegt und waren nun viel zu stolz, ihren Entschluß vor den anderen zurückzunehmen.

Statt dessen rissen sie noch andere wankelmütige mit, verabredeten sich sogar, weil ihnen der Schritt dann leichter fiel, der nicht selten ins sichere Verderben, wenn nicht gar in den Tod führte.

Eine beträchtliche Unruhe richteten sie unter den anderen an. Wer hatte nicht selbst Sehnsüchte, wäre nicht lieber daheim. Was war schon angenehm an diesem Aufenthalt? Wer nahm das gern auf sich? Überhaupt kein Privatleben mehr, ständig so eng aufeinander hocken. Bei den intimsten Dingen keine Ruhe. Aber auch von denen die regulär gingen, wurden viele rückfällig, wurde dies meist schon nach kürzester Zeit bekannt und wieder nährten sich Zweifel, hatte dieser Aufenthalt hier wirklich einen Sinn.

„Mir bringt das hier nichts mehr", äußerten sich die Abbrecher nur und verschwiegen ihre wahren Motive und Ängste.

Erfolg und Mißerfolg lagen in der Therapie dicht beieinander - es gab nichts dazwischen, nur schwarz/weiß, kein grau - litten alle unter diesem ständigen Auf und Ab, die Mitarbeiter eingeschlossen. Häuften sich ihre Sitzungen, stand die Kaffeemaschinen nicht still, waren ihre Gesichter gestreßt und fad.

„Alles ganz normal"; versuchten sie zu beruhigen, „ganz normaler Alltag in einer Suchtklinik". Jetzt kam noch die Sorge um die leeren Betten dazu. Ging es um ihre eigene Existenz, waren sie schicksalhaft miteinander verbunden.

So leicht konnte man die Patienten nicht beruhigen. „Ich fühle mich hier wie im Knast", meinten gar einige, sträubten sie sich gegen die vielen Gängelungen und Einschränkungen. Warum hatte der Sonderurlaub bekommen und man selbst nicht? Wie sollten sie die Zeit aushalten, bis endlich Ausgänge und Heimaturlaube möglich waren?

„Da fällt einem ja die Decke auf den Kopf. Wie soll man sich hier beschäftigen?", merkten einige nicht, dass es zur Entwöhnung gehörte, sich erst einmal wieder nüchtern selbst zu ertragen. Die Stimmung sackte manchmal auf den Tiefpunkt. Vor allem an den Wochenenden, wo zu der quälenden inneren Leere noch Langeweile hinzukam.

Einige zogen sich ganz in sich zurück, wurden depressiv, zweifelten an sich und der Welt, während andere ihrem Ärger Luft machten, ständig an der Klinik herummeckerten.

„Hast du die Kartoffeln heute wieder gesehen, nicht einmal den Schweinen kann man so etwas vorsetzen. Der Koch, du, den sollte man doch ... !"

„Ich kann dir sagen, diese Wurst, immer die gleiche Wurst, jeden Tag, nicht auszuhalten. Das wäre

doch keine Kunst, da etwas Abwechslung reinzubrin-
gen."

„Einfach lieblos das ganze, ohne jedes Interesse
gemacht."

„Wenn die draußen in der freien Wirtschaft arbeiten müssten. Ich kann dir sagen ... ."

„Und was die Arbeitstherapie nennen, reine Aus-
beutung."

In dem Verhalten der Therapeuten entdeckten sie
reichlich Widersprüche. „Nicht auf die Probleme,
sondern auf die Lösungen käme es an, verkündete
da einer enthusiastisch."

So wie das bisher in der Therapie gelaufen sei, habe man sich zu sehr auf das konzentriert, was nicht
funktioniere, statt sich an Zeiten und Situationen zu
orientieren, als es noch klappte. Das hieß, man wisse
die Lösung vielleicht schon, brauche sich nur zu fragen, was man damals anders gemacht habe.

So war denn eine häufige Frage: „Was war denn
da anders, als sie kein Verlangen nach dem Alkohol
hatten? Warum machen Sie das jetzt nicht genauso.
Ängste verschwanden dadurch, dass man sich etwas
Gutes dazu vorstellen sollte, was einen beruhigte.

Einige kamen sich richtig erweckt vor bei dieser Methode, hätten nicht gedacht, dass es so leicht ging.

Aber nicht allen wollte es einleuchten. „Wenn es aus einer Wasserleitung tropft, muss ich doch erst einmal wissen, wo das Loch ist, bevor ich sie reparieren kann. Also müsse man sich doch erst einmal mit dem Problem beschäftigen, bevor man die Lösung finde?

Tiefe Zweifel löste er mit dieser Frage aus und der Therapeut wusste keine Antwort, meinte nur, in seinen Stunden ginge man nun so vor, und er habe das jetzt genug erklärt.

Dann ging die Diskussion eben nach der Sitzung weiter: „Stell dir doch bloß vor, was war denn da anders, als die Leitung noch nicht tropfte", und alle lachten.

Andere Therapeuten, andere Methoden. Ja, bei dem nächsten war es eben doch wichtig herauszufinden, warum sie zu dem Suchtmittel gegriffen hatten, wo das Problem, 'also das Loch in der Leitung war'.

„Wenn Sie das nicht herausfinden, war sich eine Therapeutin ganz sicher, wissen sie ja nicht, was sie ändern sollen und werden weitertrinken."

Nun war es sogar entscheidend herauszufinden, wie es zu dem Problem, 'dem Loch', gekommen sei, sonst könne das ja immer wieder passieren, war die Verwirrung perfekt. Konkret bedeutete das, in der frühesten Kindheit mit der Erforschung anzufangen und nicht wenige hatten das Gefühl, nun sollten auch noch die Eltern mit in den 'Schmutz' hineingezogen werden. Man solle nun die schlimmen Sachen aus der Vergangenheit alle noch einmal durchleben, damit es einem besser ginge.

Hartnäckig sträubten sich einige, noch weitere Probleme in der Vergangenheit zu suchen, war doch die Gegenwart schon düster genug. Um den Therapeuten gerecht zu werden, schauspielerten einige: „Sag denen doch, du seiest als Kind zu heiß gebadet worden, wenn die das unbedingt hören wollen."

Wieder andere Mitarbeiter meinten, es läge viel daran, dass sie zu negativ dächten, nicht die Ereignisse selbst machten einem zu schaffen, sondern wie man sie bewerte. Aber was sollte das positive Denken nützen, wenn einer eine schlechte Ausbildung hatte, bereits mehrfach vorbestraft, die Leber kaputt, der Arbeitsplatz weg und die Familie zerstört war? Die hatten gut reden, bei ihren Gehältern und Möglichkeiten, positiv zu denken. Es war für einige sehr schwer, in kleinen Schritten wieder neu zu beginnen, die Hoffnung nicht aufzugeben. Aber ohne eigene Anstrengung, die Ärmel hochzukrempeln und sichtbare Fortschritte nützte das ganze 'Schöndenken' nichts.

Schlimm war, wenn in den Stunden nichts gesagt wurde, quälendes Schweigen herrschte.

„Es ist doch Ihre Gruppenstunde", äußerste einer der Therapeuten und, „ich bin doch nicht dazu da, Sie zu unterhalten". So wenig Unterstützung löste die meisten Ängste aus.

„Womit verdient der denn sein Geld", ging es dann erst nach der Stunde heiß her, hatte sich der Wunsch des Therapeuten nicht erfüllt, durch das lange in sich gekehrt sein, wäre jemandem ein Licht aufgegangen. Insgeheim hoffte er, in der Stille würde jemandem ein Problem bewusst, äußere sich vielleicht ein lange verborgener Konflikt, von dem man sich endlich befreien müsse. Aber meistens ging es dann nur um die Wurst, die ewig gleiche.

„Genau, sitzt einfach da und tut nichts", unterschätzten die, dass es auch für Therapeuten einiger

Übung bedurfte, sich in der stummen Gruppe wohl zu fühlen.

Die Schwächsten hielten das quälende Schweigen am wenigsten aus, suchten nach Schuldigen, machten anderen Vorwürfe.

„Warum sagen denn die Neuen nicht mal was?", schimpften über Zustände in der Klinik, verrannten sich in Streitgespräche, wer schon wieviel gesagt habe und jetzt mal dran sei, bisher nichts getan habe, schließlich wolle man sich selbst nicht dauernd wiederholen."

Die Therapeuten, die die meisten Ängste auslösten, die höchsten Abbruchquoten zu verzeichnen hatten, hatten merkwürdigerweise gleichzeitig die glühendsten Verehrer. Die Patienten hatten nur die Alternative, entweder zu gehen oder sich ganz mit ihnen zu identifizieren. Anders waren ihre Ängste nicht zu bewältigen. Ohne Zweifel lag eine wichtige Ursache für Therapieabbrüche darin, dass die Behandlung bei einigen mehr Furcht einflößte als sie abbauen konnte, das Gefühl aufkam, den gestellten Anforderungen nicht gewachsen zu sein, auch wenn dann ganz andere Begründungen angegeben wurden.

Oder es stimmte ja dann, dass die Therapie unter dem Strich 'nichts brachte'.

Auf einige Therapeuten ließ man nichts kommen. Das waren anscheinend die, die sich selbst nicht so ernst nahmen, die Gespräche locker anfingen, über ganz alltägliche Ereignisse, sogar mal über Fußball, das Wetter redeten, viel lachten. Die nutzten anscheinend das natürliche Mitteilungsbedürfnis, vertieften dann durch geschickte Fragen die Thematik, lenkten unauffällig und schon waren sie bei sehr ernsten Dingen, ohne dass dabei traurige Minen aufgesetzt wurden.

„Immer locker und immer am Ball", äußerte einer der Patienten.

Es wurde befreiend gelacht und geweint. Die Leute erleichterten sich von ihren Sorgen und äußerten ihre Gefühle, wie sie es sonst nur unter Alkohol konnten. Niemand spielte dabei den Moralapostel oder verstärkte gar die ohnehin reichlich vorhandenen Scham- und Schuld-gefühle. Vielleicht war ja von allen therapeutischen Vorgehensweisen etwas richtig und man musste gemeinsam herausfinden, was wem am besten half. Den einen Grund für die Krankheit gab es sicher nicht, aber wenn sie wieder Selbstvertrauen gewannen, zu ihrer Krankheit standen und anders mit ihren Problemen umgingen, sich endlich artikulieren, äußern konnten, was sollte dann noch schiefgehen. Um nichts in der Welt wollte Fischer mit seinen Kollegen in der Psychotherapie tauschen. Von den meisten Dingen hörte er nur am Rande, sie waren schon geschehen und die Nacht war nie fern, beruhigte die meisten Gemüter, sorgte für Ruhe und Ordnung - wieder einmal geschafft, nicht an Morgen denken.

6

Im Dienstzimmer sind nur die beiden Schreibtischlampen an. Ihre schwarzen Stahlhauben sind tief herabgezogen und versetzen den Raum in ein schummeriges Licht. An den Wänden zittern bei jeder Bewegung die Schatten der beiden jungen Männer, die sich schräg gegenüber sitzen.

Fischer hat lauter kleine fest verschlossene Glastöpfchen, ehemalige Medikamentenbehälter, vor sich stehen. In letzter Zeit trägt er sie häufig in den Taschen seiner Lederjacke mit sich herum, nimmt sie öfter heraus und untersucht sie einzeln. Er hält sie in das Licht der Lampe, geht ganz nahe mit dem Gesicht heran und studiert den Inhalt, schüttelt sie ab und zu, um die Untersuchung dann fortzusetzen.

Der junge Pagel lässt sich gerne davon anstecken, legt die ausgelesene, zerfledderte Illustrierte aus der Hand, nimmt vorsichtig eines der Gläser, schaut kritisch auf Fischer, ob der schon neue Erkenntnisse hat und hält dann ebenfalls eins zum Licht. Auf kleinen weißen mit klarer Handschrift geschriebenen Etiketten ist mit lateinischen Abkürzungen der Inhalt festgehalten.

„Hast du nicht Angst, dass sie dir mal in der Tasche zerbrechen?"

Aber Fischer verteilt sie so auf seine Jackentaschen, dass nichts passieren kann, geht vorsichtig mit dem Kleidungsstück um, wenn er es ablegt.

„Musste nur etwas aufpassen", erwidert er knapp.

Der Pagel kann ihn fragen was er will, dem gibt er immer eine Antwort. Wie vorsichtig der Kollege mit dem blaufarbig schimmernden Glas umgeht, stellt es dann wieder an die gleiche Stelle vor Fischer zurück und fragt mit neugierig, zweifelnder Miene: „Hat sich denn schon was getan, kannst du was beobachten?"

Die Reaktion des anderen aber macht deutlich, dass der bisher mit seinem Experiment nicht zufrieden ist: „Es ist nicht so einfach, glaube ich, die richtigen Lösungsmittel zu finden."

Fischer versucht mit unterschiedlichen Flüssigkeiten, die natürlichen Farben aus allemöglichen Sänden, Gesteinen und Pflanzen zu gewinnen: „Chemisch kann man die nicht nachmachen", ist er sicher. „Irgendwie muss die doch rauszukriegen sein." Er ist ganz besessen von seiner neuen Mission.

„Ich versuche mit dieser Methode an uralte Felsenmalereien anzuknüpfen", und er arbeitet bereits mit den unterschiedlichsten Materialien, als ob er die ganze Welt in seinen Gläschen auflösen und in anderer Form wieder auf seine Leinwand bringen wollte.

„Du kannst mit allem und auf allem malen", sagte Fischer und Pagel erschrak etwas vor den sonst weniger ereifernden Äußerungen des älteren Freundes.

Aus dem Physikum des Medizinstudiums konnte er einige Erkenntnisse ableiten, welche chemischen Stoffe sich eignen, den Materialien ihre wundervollen Farben zu entziehen, und wie sich dann mit Hilfe einer

Trägersubstanz daraus streichbare Farbe herstellen ließe. Öfter sucht er Bibliotheken auf, um seine Informationen zu erweitern.

„Ich will aber keine Wissenschaft daraus machen, sonst raubt es mir zuviel Energie, die mir für das Malen fehlt", versuchte er sich selbst Grenzen zu setzen.

Pagel war niemand, dem dies irgendwie verrückt vorkam, dass er als wandelndes Laboratorium herumlief.

Fischer ließ sich generell nicht gerne etwas Vorgegebenes, Fertiges vorsetzen: „Habe mich einmal dabei ertappt, wie ich Rechenkästchen auf ein weißes Blatt Papier malte. War mir dann aber doch zu umständlich", versuchte er Einwände gleich vorwegzunehmen. Er ging aber recht geheimnisvoll mit seinem Tun um. Nicht, weil er etwa Angst gehabt hätte, andere könnten ihm die Idee stehlen, vielmehr fürchtete er, jemand fände das kindisch, würde ihn auslachen.

So wenig, wie das Malwerkzeug festzuliegen schien, waren es die Motive und sein Stil. Neben „Farbstudien" wie er diese selbst nannte, weil ihm der Begriff „abstrakt" zu hoch vorkam, skizzierte er Teile von Gegenständen, hatte eine Abneigung oder traute sich nicht, etwas ganz darzustellen. Er sass einmal versunken da, sah zu Boden und begann das Gesehene, die Spitzen seiner Schuhe, ein unteres Stück des Schreibtisches, die Schatten von seinen Beinen zu malen. In letzter Zeit versuchte er sich in ähnlicher Weise an Porträts, in dem er Gesichtsteile von Fotos und Staturen abzeichnete und mal einige Patienten bat, ihm zu sitzen. Er ließ dies aber schnell, weil er befürchtete, ihnen damit zuviel zuzumuten und Angst hatte, dass sie das als Ausflüchte für Versäumnisse und Mißgeschicke nutzen könnten: „Ich konnte die Therapiereflektion noch nicht fertigstellen, weil ich dem Fischer für seine Porträtstudien sitzen musste." Oder sie sagten vielleicht unter dem eindringlichen Druck therapeutischer Fragen: „Ich bin rückfällig geworden, weil ich versäumt habe, über meine familiären Probleme zu sprechen."

Therapeut: „Aber es ist doch immer einer da, den Sie ansprechen können, sogar abends, im Notfalle nachts. Was glauben Sie, warum haben die verschiedenen Berufsgruppen, Ärzte, Psychotherapeuten, Pfleger ihre Dienste?"

„Ich wollte ja jemanden ansprechen, aber da musste ich an dem Abend für den Fischer Porträtsitzen, wollte mich ja eigentlich über meine Sorgen aussprechen, aber ... ."

„Was, wieso, was macht der denn da ... ?"

So malte er den jungen Pagel. Aus allen Perspektiven, schaute zunächst immer vorsichtig zu ihm hin, ob er ihn damit nicht störte. Er merkte nach einiger Zeit, dass der nichts dagegen hatte und bei seinem ständigen Lesen bewegte der sich ohnehin kaum. Es wurde ihm nicht langweilig, dieses junge Gesicht, das soviel Gutmütigkeit, vielleicht zu wenig Erfahrung, ausstrahlte, aufs Neue zu studieren. Dann hatte er den Einfall, es sich älter oder jünger als es im Augenblick war, vorzustellen. Die Gesichtszüge auf dem Papier altern oder sich verjüngen zu lassen, ohne die Grundzüge aufzugeben. Manchmal erschrak er vor seinen eigenen Skizzen, wenn ihm Fragmente des zerknitterten Gesichts des jetzt vielleicht achtzigjährigen Pagel anstarrten. Schnell blätterte er dann um, mochte es ihm auf keinen Fall zeigen. Der hatte ohnehin begriffen, dass Fischer nur selten das Bedürfnis hatte, jemanden in seinen Notizblock schauen zu lassen, wenn er dies nicht von selbst anbot.

„Ist noch nicht fertig", entschuldigte er sich schon im Vorhinein, legte sogar die Hand darüber, wenn ihn ein neugieriger Blick traf: „Ich brauche selbst etwas Abstand, damit ich es vorzeigen kann."
Dabei gehörte Pagel nicht zu den Kritikern, die ihm vorwarfen, einfach nichts vernünftig anzugehen und zu Ende zu bringen.

7

Neben dem ärztlichen Klinikleiter, der wegen seines tyrannischen Führungsstils, seinen ständigen sexuellen Belästigungen gegenüber den Frauen, seiner merk-würdigen Verkleidungen, den Hauptteil des Ge-sprächsstoffs bei den Mitarbeitern lieferte, war kaum einer so im Mittelpunkt des Interesses wie Fischer.
„Ich habe ihn bei meinem Stadtausgang vor der Kneipe gesehen. Er hat wohl ein Motorrad restauriert, so eine uralte Kiste und hatte dazu einen entspre-chend nostalgischen Ledermantel an, mit Motor-radbrille und so einem weißen Helm von früher, ganz wie aus dem Museum."

Oder: „Da in der kleinen Galerie, an diesem Dreiecksplatz, da hingen, glaube ich, ein paar Bilder von ihm und in diesem Schmuckgeschäft, das auch alte Möbel hat, waren einige zu sehen."

„Wer weiß, was aus dem mal wird."

„Aber ist doch schwierig, sich da durchzusetzen."

„In der Zeitung gab es eine kleine Notiz über diese Ausstellung."

„Ernähren kann er sich doch mit der Arbeit in der Klinik, vor allem, wenn man die Nachtdienstzuschläge berücksichtigt. Wäre ja besser gewesen, er hätte sein Studium ... ."

„Hast du mal sein großes Haus gesehen?"

„Ist doch eine Erbschaft von seiner Tante."

„Wer weiß, ob die ihm nicht noch mehr ... ."

„Würde ich mir durchaus an die Wand hängen, mit den fröhlichen Farbtupfern, ja, doch."

„Und sonst?"

„Die Künstler, na ja, der mit seinen Frauenbekanntschaften."

„Bei denen ist das wohl so."

„Kann ich mir gar nicht vorstellen, mein Gott, das sind die heutigen Zeiten."

„Ist vielleicht später mal ganz normal."

Gelächter.

„Geht bestimmt nicht gut."

„Wie der das hinkriegt, dass die nicht zusammen-treffen. Gesehen hat man ihn immer nur mit einer."

„Aber wissen müssen die das doch."

„Aber genau weiß es niemand, ob nicht die eine nur eine Freundschaft, eine Bekannte ist. Bei der Frau Dr. Müller ist das allerdings klar, da ist mehr."

„Meistens sitzt dann noch der junge Pagel dabei, will wahrscheinlich noch was lernen."

Gelächter, ging es in einem fort.

Langsam bildeten sich überall auf dem Boden der Eingangshalle kleine Wasserlachen, wetterfeste Anoraks, Mäntel wurden abgelegt.

„Warte mal", sagte eine der Patientinnen plötzlich, sah auf einmal ganz bleich aus, holte ein kleines, die-ser bekannten, eigentümlich gekrümmten, Fläsch-chen Mundwasser aus ihrer Einkaufstüte hervor, „könnte da vielleicht Alkohol drin sein?"

Alle blickten jetzt erschrocken abwechselnd auf die Sprecherin und das Fläschchen. In dem schum-merigen Licht der Halle konnte man das Kleinge-druckte auf der Inhaltsangabe kaum lesen.

„Klar ist da Alkohol drin, das weiß doch jeder. Ist in diesen Mundwässern doch immer. Brauchst du gar nicht so angestrengt draufzustarren. Hast du denn in der Infostunde nicht aufgepasst?", wusste es gleich einer genau.

„Klar da steht es doch", runzelte ein anderer verdrossen die Stirn, kniff die Augen zusammen und alle blickten sich ratlos an.

„Zurückbringen!"

„Blödsinn, die kann doch jetzt nicht mehr raus. Die Geschäfte sind doch längst zu."

„Im Moment achtet niemand drauf: rausgehen und über den Zaun ins Gebüsch werfen."

„Du spinnst doch, wenn mich dabei einer sieht, der denkt doch sonst was."

„Alles Quatsch, warum sitzen die denn da", deutete jetzt der Holzheide, den die Patienten zu ihrem Kliniksprecher gewählt hatten und der deshalb eine gewisse Autorität besaß, energisch auf das Dienstzimmer, in dem sich immer noch nichts rührte.

„Wenn die beiden ... , ihr wisst schon, Dienst haben, passiert sowieso nichts. Die können damit umgehen, da brauchst du gar keine Angst zu haben."

Die Patientin Schönfeld, mit dem Fläschchen in der Hand, etwas von sich weg gestreckt, als könne es explodieren, und der mutige Holzheide fassten sich ein Herz und gingen vorsichtig auf den Lichtschein des Dienstzimmers zu.

„Würde ich auf keinen Fall machen", rief ein Mitpatient mit bösen Ahnungen noch überzeugt hinter ihnen her, „das weißt du hier nie genau, was daraus wird." Er kann die beiden aber nicht mehr aufhalten.

Vorsichtig öffnete Holzheide die Tür einen Spalt breiter, als wolle er sich doch erst überzeugen, wer da sass, um dann vielleicht noch die Zeit zu haben, es sich anders zu überlegen.

Aber schon beim ersten Blick hinein bot sich ihm ein vertrautes Bild und zwei überraschte Augenpaare blickten ihn freundlich an.

Er konnte es sich nicht verkneifen: „Na schon wieder was Neues zu lesen, immer zu tun, Herr Pagel."

Dabei versperrte er den Einlass, so dass Frau Schönfeld, die noch unbemerkt von den beiden Diensthabenden hinter ihm stand, nicht eintreten konnte, als der junge Pagel wie üblich beteuerte, er habe sich die Zeitschrift nicht gekauft, in der er gera-

de lese, die sei ganz alt, habe im Dienstzimmer her-
umgelegen.

Jetzt quetschte sich aber Frau Schönfeld energisch mit dem Fläschchen in der Hand an Holzheide
vorbei, holte tief Luft, ärgerte sich gleichzeitig, dass sie
etwas Herzklopfen hatte und stieß fast heiser, an Fischer gewandt hervor: „Bitte, Herr Fischer, ich habe
wohl unüberlegt eingekauft, da ist möglicherweise
Alkohol in dem Mundwasser", obwohl sie dies ja
mittlerweile wusste, relativierte sie ihre Aussage und
kam sich jetzt auch noch ziemlich albern vor mit diesem Anliegen.

„Wir wollten wirklich nicht stören", sagte Herr Holzheide beklommen, der es nun ebenfalls schon bereute, die beiden mit so einer Sache zu behelligen.

Aber die Angesprochenen nahmen das Anliegen
durchaus ernst, beugten sich nun gemeinsam über
die Flasche, um die geäußerte Vermutung zu überprüfen. Es wurde in der Klinik zwar vor diesen Toilet-
tenartikeln gewarnt, aber wer wusste bei diesem
großen Sortiment schon genau, was in den einzelnen
Artikeln enthalten war.

Man konnte noch soviel auf das Fläschchen starren, es stand zwar klein, aber klar und deutlich Alko-

hol auf dem Etikett. Es gab einen dicken Ordner, in dem die Regeln und Vorschriften in der Klinik abgeheftet waren, aber sie erinnerten sich nicht, über einen solchen Fall etwas gelesen zu haben.

„Ich habe das wirklich nicht gewollt, tut mir leid", sagte Frau Schönfeld.

„Ist nicht so schlimm", sagte Fischer beruhigend, „so ein Missgeschick, kann doch jedem passieren."

„Lassen Sie die Flasche ruhig da. Verwenden dürfen Sie das Mundwasser ja nicht, das wissen Sie doch bestimmt", fügte Pagel fast streng hinzu.

„Tut uns leid, dass wir Ihnen solche Unannehmlichkeiten bereiten", entschuldigte sich jetzt der Holzheide.

„War auf jeden Fall gut, dass Sie gleich zu uns gekommen sind. Sie brauchen sich da keine Sorgen zu machen, glaube ich", entgegnete Fischer vorsichtig, der sich noch nicht ganz sicher war, wie das Problem gelöst werden konnte.

Es wollte kein anderes Gespräch mehr aufkommen und die Patienten verließen nach wie vor etwas bedrückt den Raum.

„Vielleicht kann die Frau Schönfeld es am Wochenende einem Bekannten oder Verwandten mitgeben, so lange bewahren wir es auf", meinte Pagel.

Aber so einfach war das nicht. Sie schauten sich fragend an, mussten sie darüber einen Bericht schreiben, war das sogar ein 'besonderes Vorkommnis', den Bereitschaftsarzt oder die Pflegedienstleitung augenblicklich zu verständigen? Letzteres wäre wahrscheinlich übertrieben, aber Berichte mussten schon wegen geringerer Ereignisse verfasst werden. Die meisten Mitarbeiter in dieser Klinik waren durch den streng autoritären Führungsstil der Betriebsleitung so verunsichert, dass sie sich wegen jeder Lappalie absicherten.

So hatte der Habicht morgens plötzlich eine undefinierbare Flüssigkeit in den Wasserkesseln entdeckt, die kurze Zeit später für die Tee- und Kaffeezubereitung auf den Herd gestellt werden sollten.

„Wer war das, wer hat die Wasserkessel verunreinigt?"

Eine Pflegerin, die mit ihm Dienst hatte, kippte das stark nach einem Putzmittel riechende Zeug kurzerhand weg und wollte zur Tagesordnung übergehen. Von den Patienten, die sich ständig in der Küchenübernahme abwechselten, was bei den mehr oder weniger talentierten Einsätzen nicht selten zu überraschenden und kuriosen Ergebnissen führte, war es natürlich niemand gewesen. So wie der Habicht sich aufspielte, konnte da keiner mehr ein Missgeschick eingestehen, zugeben, dass er die Kessel mit ... habe reinigen wollen oder so ähnlich. Der wäre ja in der Luft zerrissen worden, hätte vielleicht mit seiner Entlassung rechnen müssen. Dann sei noch die Sozialarbeiterin Großekathöfer hinzugekommen und bestand darauf, sofort die Betriebsleitung zu informieren. Da fiel zum ersten Mal das schlimme Wort: „Das hätte doch auch Gift sein können." Der Habicht und die Großekathöfer waren ganz in ihrem Element, stapelten alle Kessel zur Beweissicherung erst einmal im Dienstzimmer auf: „Wie konnten Sie das machen, alles auszukippen", hagelte es die ersten Vorwürfe an die unbedarfte Kollegin. Die ersten Patienten versammelten sich kreidebleich und unruhig vor dem Dienstzimmer - ein Anschlag auf ihr Leben? Wo waren sie hier gelandet, und einer sprach schon vom Kofferpacken, wenn hier nicht einmal die eigene Sicherheit gewährleistet wäre, unterschätzte er leichtsinnig die Gefahren seiner Krankheit. Offiziell wurde dann von Lebensmittelvergiftung gesprochen, die übergeordnete Behörde und Poilzei in Kenntnis gesetzt und an alle die dringende Order ausgegeben, zukünftig keine Beweismittel mehr zu vernichten. Nur wenige hielten dagegen, fanden die Reaktion aufgebauscht, empfanden es als eine verspätete (A) pril Aktion.

Die beiden konnten noch so lange auf die Flasche schauen wie sie wollten, sie löste sich nicht in Luft auf, was wünschenswert gewesen wäre. Hinter dem Haus stand der große Abfallbehälter, wenn man nun ... ? Aber wenn sie dann jemand dort fand? Wer weiß, was das wieder für einen Aufstand gab. Oft mussten alle Patienten zum Pusten antreten, wenn irgendwo auf dem Gelände eine verdächtige Flasche gefunden wurde. Schimpfend standen sie dann überall auf den Stationen in langen Schlangen vor den Alkoholmessgeräten. Nur ganz selten wurde so mal jemand entdeckt, weil die Flaschen offensichtlich längst älter, schon richtig verdreckt waren oder Spaziergänger aus der Stadt, die vielleicht selbst ein Problem hatten oder nur so zum Scherz, sie über den Zaun der Suchtklinik warfen. Aber Anordnung war Anordnung, da gab es keine Diskussion.

„Und wenn wir sie einfach auskippen", meinte nun Pagel.

„Aber die leere Flasche?", kriegte er zur Antwort, „die ist nicht weniger brisant."

„Wir haben doch diesen großen Hammer in der Werkzeugkiste, da im Schrank", gab der nicht auf.

Fischer konnte sich ein Lächeln nicht verkneifen. Nun grinsten beide. Kein Bericht, keine Erklärung und die Patientin würde ebenfalls nicht behelligt.

Vorsichtig, nicht ohne sich vorher nach der Tür umzusehen, zu lauschen, kippte Fischer die Flasche in das Waschbecken.

„So, du nimmst jetzt das Schlagwerkzeug."

Ruckzuck hatte der Pagel die Kiste hervorgeholt. Der sah wirklich kräftig aus, der Hammer, schwang ihn lässig in der Hand. Richtig tatendurstig blickte er drein.

„Oh, aber nicht hier junger Mann, nicht so stürmisch. Geh nach draußen, hinters Haus, gleich da wo die Tonne steht. Und mach es so, dass nichts mehr von der Pulle zu erkennen ist, sie keiner wieder zusammensetzen kann", sagte Fischer, als der andere gleich hier kräftig ausholen wollte.

Die Patienten in der Halle sahen erstaunt auf, konnten sich aber keinen Reim darauf machen, als der Pagel mit dem großen Hammer nach draußen marschierte und es mehrfach laut krachte.

8

Die beiden ahnen noch nicht, dass die Patientin Schönfeld in einer Gruppenstunde bei Frau Großekathöfer, die beinahe völlig sprachlos in peinlicher Stille zu enden droht, ihr großes Missgeschick mit dem Mundwasser beichtet und dann Nachforschungen nach dem Verbleib des Fläschchens angestellt werden.

„Wo haben Sie das Mundwasser denn dann abgegeben?", nahm das Schicksal seinen Lauf und, „es wird doch schon auf der Aufnahmestation besprochen, wo überall Alkohol drin ist", braute sich das Ungewitter zusammen.

„Überhaupt, Frau Schönfeld, ich möchte einmal wissen, was sie bisher erreicht haben oder ob Sie die Therapie nur absitzen. Tut sich denn was bei Ihnen? Ist inzwischen etwas anders, seitdem sie nicht mehr

trinken? Was haben Sie noch für Therapieziele? Guk-
ken Sie mich nicht so erstaunt an, als ob Sie solche
Fragen nicht kennen, sonst können sie ja gleich nach
Hause gehen", sass die nun mächtig in der Klemme.

„Aber wir haben uns gleich an Herrn Fischer gewandt. Der Herr Holzheide war dabei, der kann das
bestätigen - noch am gleichen Abend, als ich aus
der Stadt vom Einkaufen kam."

„Darum geht es jetzt gar nicht, Frau Schönfeld,
dass Sie das nicht begreifen. Denken Sie doch mal
nach!"

„Hören Sie überhaupt zu, wenn die Frau Großekathöfer Ihnen etwas sagt?", mischt sich jetzt mit
grimmigem Ton der Co-Therapeut Dr. Tarnjek in das
Gespräch ein, der schon unruhig auf dem Stuhl her-
umgerutscht ist.

Holzheide fährt verlegen mit der rechten Hand
über seine angegrauten, glatt nach hinten gekämm-
ten Haare. Kämpft mit sich selber, der Leidensgenos-
sin beizustehen, schnappt schon nach Luft, fürchtet
sich jetzt aber, zwischen die Fronten zu geraten. Mit
dem jetzt bärbeißigen Stationsarzt Tarnjek, einem
Emigranten aus dem ehemaligen Jugoslawien, der je
nach Laune herzensgut oder völlig unberechenbar

impulsiv sein kann, ist im Augenblick wohl nicht zu spassen. Er hat in solchen Situationen in der Gruppe schon mal versucht zu beten, so schwer lastet eine Anspannung auf ihm, wenn ein Mitpatient in die Mangel genommen wird und sich nicht mehr zu helfen weiß. Selbst dazu konnte er sich jetzt aber nicht ausreichend konzentrieren, merkte stattdessen, dass der Puls bis zum Hals pochte, und sein Herz raste. Gleich danach entstanden Panikgefühle, rausrennen zu müssen. Dann schielte er zu der jungen Hermneuwöhner hin, starrte auf ihre schlanken Beine und ohne ihr nahetreten zu wollen, flüchtet er in Phantasien, die ihn ablenkten aber nicht mehr laut ausgesprochen werden konnten.

„Was sagen Sie nun dazu?", lässt der Tarnjek nun nicht locker und hat das Kommando übernommen.

Jeder weiß, wie der sich aufregen kann. „Warum sagt die bloß nichts?", geht es schon in einigen Köpfen gegen die Mitpatientin herum, dann würde dieser Druck endlich nachlassen.

Alle blicken nun auf Frau Schönfeld. Groll statt Mitleid macht sich breit. Die hat einen ganz roten Kopf bekommen, ist nicht mehr dazu in der Lage, einen klaren Gedanken zu fassen, geschweige denn, etwas Vernünftiges zu sagen. Die Therapeuten scheinen hier auf ein fruchtbares Thema gestoßen zu sein und alle wissen, dass die jetzt nicht mehr locker lassen.

Viele empfinden diese Tortur im Nachhinein als heilsam: „Wenn die Frau Großekathöfer damals nicht so nachgebohrt hätte, wer weiß, ob ich überhaupt weitergekommen wäre. Von alleine hätte ich das bestimmt nicht erkannt."

„Was sagen denn die anderen dazu, wie empfinden sie das Verhalten von Frau Schönfeld, haben Sie den Eindruck, dass sie ausreichend mitmacht, sich in den Gesprächen genügend einbringt?" Frau Großekathöfers Wangen glühen jetzt vor Eifer: „Meinen Sie, sie bekommen in der Therapie etwas geschenkt, die Probleme lösen sich von selber? Das muss doch einen Grund gehabt haben, dass Sie", jetzt wieder an Frau Schönfeld gerichtet, „so viel Alkohol getrunken haben, irgendwas wollten Sie damit erreichen. Sieht die mich auch noch erstaunt an. Wie oft haben wir das schon besprochen."

„Du könntest wirklich was dazu sagen", ist der Holzheide auf einmal wieder voll da, merkt, dass die Spannung am besten dadurch reduziert wird, dass man sich beteiligt, „du musst doch vor dem Einkaufen darüber nachgedacht haben, was du da tust", wird seine Stimme fast energisch, fällt er in den Ton der Therapeuten mit ein.

„Schweigen bringt ja nichts", meldet sich eine Mitpatientin, „das haben wir lange genug getan. Warum gehst du immer gleich aufs Zimmer, bleibst nicht mal bei uns sitzen, wenn wir handarbeiten oder fernsehen."

„Finde ich auch", noch ein dritter. „Du könntest dich wirklich intensiver beteiligen und mach endlich den Mund auf!"

Es gibt kein wirksameres Mittel gegen die eigene Angst als aggressiv zu werden.

Einige blicken nun öfter unauffällig auffällig zur Uhr. Die Zeit ist rum. Wieder mal geschafft. Wer das täglich aushält, spotten einige, dem kann im Leben nichts mehr passieren.

Frau Großekathöfer sucht noch nach dem richtigen Abschluss, denn noch bestimmt sie hier.

„Vielleicht sollten Sie einmal schriftlich festhalten, Frau Schönfeld, was Sie hier eigentlich noch wollen, sich mal hinsetzen und darüber nachdenken, was Ihre Therapieziele sind."

„Auf jeden Fall erwarten wir, dass Sie sich Mühe geben, sonst ... . Sie wissen selbst, Sie sind nicht hier, um sich auszuruhen. Mehr muss ich wohl nicht sagen", legt der Doc noch einen drauf.

Die Schönfeld nimmt alles Gesprochene nur noch wie aus einer weiten Entfernung auf. Die Gestalten und Gesichter verschwimmen vor ihren Augen. Bloß die Münder scheinen überdimensionale Formen anzunehmen. Wie riesige nach ihr schnappende Mäuler von glitschig schwabbelnden Fischen stoßen sie auf sie ein. Sie stottert ein unverständliches „Ja", kann nur schwer ihre feuchten Augen verbergen, fühlt sich steif wie ein Brett. Ihr ist schwindelig, und sie erhebt sich ganz vorsichtig aus dem Sessel, um nicht hinzufallen, als die ersten den Raum verlassen.

Die Großekathöfer und der Tarnjek verstehen sich wortlos und stürmen wie auf Kommando ins Dienstzimmer. Da sitzt ganz friedlich der stationsleitende Pfleger Janke, mit der einen Hand raucht er eine, im Dienstzimmer unerlaubt, selbstgedrehte Zigarette und mit der anderen ist er gerade wieder dabei, Dienstpläne zu entwerfen, womit er sich die meiste Zeit vertreibt und nur ungern gestört wird.

„Du sag mal Fidi", steht die Großekathöfer listig vor seinem Schreibtisch, während sich Dr. Tarnjek erschöpft in einen Sessel fallen lässt und gleich mit einer kurzen schüttelnden Handbewegung den Inhalt der Kaffeekanne überprüft. Hätte der Janke inzwischen doch wenigstens Kaffee aufsetzen können, während sie sich in der Gruppenstunde abplagten, denkt er aber nur.

Nun schaut Fridolin, von den meisten nur Fidi genannt, stirnrunzelnd von seinem bunten Gekrakel hoch. Für jeden Kollegen hat er auf den Plänen unterschiedliche Farben verwendet, so dass jeder sofort sehen kann, wann er dran ist. Diese Erfindung hat ihm bei der Pflegedienstleitung viel Lob eingetragen und sie wurde sofort auf allen Stationen verbindlich angeordnet. Seine Kollegen konnten sich zunächst damit rumschlagen, die notwendigen Buntstifte zu beschaffen. Er gilt allgemein als pfiffiges Kerlchen, aus dem hätte mehr werden können und kann sich so manche Sachen herausnehmen, die sich andere nicht wagen. Wenn er nur mehr auf sein ..., na ja, so wichtig ist das heute nicht mehr, aber wenn er nur etwas mehr Wert auf sein Äußeres legen würde ... . Für sein Fortkommen wäre das besser. Leichtsinnig hatte er tatsächlich dem Chef, der ja vor den intimsten Schranken keinen Halt machte, versprochen, sich regelmäßiger zu rasieren.

Nun war er wieder voll bei der Sache, strich über seine üppig sprießenden Bartstoppel, schaute die Großekathöfer mit seinen hellwachen blauen Augen freundlich an.

„Was gibt's?", hat er für sie immer ein offenes Ohr. Sie verkehrten auch privat miteinander und hatten fast ein geschwisterliches Verhältnis.

„Fidi, sag mal", setzt sie noch einmal an, „hat die Frau Schönfeld bei euch ein Mundwasser mit Alkohol drin abgegeben? Das müsste dann doch hier irgendwo sein", und blickte gleichzeitig erwartungsvoll zu dem Schrank hin, wo solche Gegenstände meist gelagert werden. „Und ich verstehe nicht, dass darüber nichts im Team mitgeteilt wurde. Es müsste auch ein Bericht darüber geschrieben worden sein."

„Du, ich habe nicht die geringste Ahnung. Wann soll denn das gewesen sein? Aber du weißt ja, in meinem Alter ...", kann er das Blödeln nicht lassen.

„Ich meine das ganz im Ernst, du, was glaubst du wie doof wir in der Gruppenstunde dagestanden haben, als die Frau Schönfeld die Sache plötzlich auspackte und wir wussten von nichts", wird sie ärgerlich.

Dr. Tarnjek, der dem Janke überhaupt nur schwer einmal böse sein kann, schon wieder die Kaffeekanne erfolglos hin und her schüttelt, wird ungehalten: „Das verstehe ich nicht, wer war denn dafür verantwortlich? Stehen wir vor den Patienten wie Trottel da."

„Aber die Frau Schönfeld muss doch wissen, wo sie das Mundwasser abgegeben hat, wenn das wahr ist. Sie nicht ...", verschluckt Fidi den Rest und fragt sich, warum er sich hier eigentlich verteidigt.

„Der Holzheide soll dabeigewesen sein, als die Schönfeld die Flasche bei dem Fischer abgegeben hat", lässt sie die Katze endlich aus dem Sack.

„Der wird doch nicht ... . Nicht dass du denkst, ich wollte dem Fischer da ... .

„Hm, du weißt ja, wie der manchmal ist", schaut der Janke vorsichtig zum Tarnjek hin.

„Da habe ich absolut kein Verständnis dafür!", hat sich dessen Laune nicht verbessert.

„Wenn dann die Kollegen sowas ausbaden müssen, weil da einer denkt ... . Da fällt mir nichts mehr ein! So geht das wirklich nicht! Ich verlange ausdrücklich, dass Sie über diesen Vorfall, dass ein so wichtiges Ereignis nicht gemeldet wurde, einen Bericht anfertigen. Basta! Das geht zu weit!", kann sich der Tarnjek gar nicht mehr beruhigen.

9

Fischer hatte schon ernsthaft überlegt, die Klingel abzuschaffen, als ihn nun das, schon so leise wie nur möglich eingestellte, Geschnarre wieder aus dem Schlaf riss. Da er während seiner Nachtschicht durchaus schlafen konnte, nach Mitternacht kaum noch ein Laut von der Station zu hören war, wurde sein natürlicher Schlafrhythmus allerdings kaum gestört. Nur zwei-, drei Mal im Jahr kam es nachts zu Zwischenfällen, weil jemand überraschend erkrankte, Patienten ausgeflippt waren, sich betranken oder heimlich aus dem Fenster zu steigen versuchten. Trotzdem empfand er in den Arbeitswochen, nach denen er jeweils vierzehn Tage frei hatte, ein besonderes Ruhebedürfnis. Es war eine große Verantwortung, für so viele Menschen da zu sein, jedem in seiner Persönlichkeit gerecht zu werden, so dass er nach Dienstschluss gerne für längere Zeit allein war, sich in seinen Fähigkeiten erschöpft fühlte, auf andere einzugehen. Er lag auf einer großen Couch, die zur Terassentür ausgerichtet war, so dass er beim Einschlafen und Aufwachen gleich ein Stück in den Garten schauen konnte. In Sichtweite hing die große Wanduhr, deren lautes Uhrwerk ihn nach seinem Einzug zunächst an einen kaputten Rasenmäher erinnerte, an das er sich erst gewöhnen musste und das ihn anfangs nicht einschlafen lassen wollte. Nach Zechgelagen hatte er schon das Gefühl, es brächte seinen Herzrhythmus durcheinander. Aber wie das Haus mit dem großen Grundstück, ganz in Stadtnähe war das Monster ein Erbstück seiner Tante und inzwischen gehörte das merkwürdige Knattern und Ticken zu seinem Leben wie das Zwitschern der Vögel in dem halb verwilderten Garten.

Die Uhr hatte kein Pendel, sondern ein Kettenwerk, an dem eiserne Zapfen, denen vom Nadelgehölz nachgeahmt, hingen, die man gut alle drei Tage aufziehen musste.

Seine Scheu zur Tür zu gehen führte meistens dazu, dass Leute, die ein ernsthaftes Anliegen hatten, mindestens zweimal, dreimal klingeln mussten. Er überlegte, wer das jetzt am Mittwoch gegen vierzehn Uhr sein konnte. Nicht selten waren in dieser Gegend Vertreter unterwegs, und die Kinder aus der Nachbarschaft spielten manchmal Pingeljagd. Es war nicht die Zeit seiner Mutter, die machte ebenfalls einen ausgedehnten Mittagsschlaf, wenn sie sich überhaupt noch hertraute, war sie meist ausgerechnet früh morgens da. Fast pünktlich zum Unterricht hatte er öfter ironisch bemerkt, obwohl sie schon seit Jahren aus dem Schuldienst pensioniert war, und er musste sie erst mehrfach vor verschlossener Tür stehen lassen, bis sie diese Besuche endlich aufgab.

Jetzt klingelte es zum dritten Mal, da ließ sich jemand nicht abweisen. Und, warum war er nicht darauf gekommen, hatte er dies unabsichtlich verdrängt, dass am Mittwochnachmittag die Ärzte, bis auf den Diensthabenden, frei hatten. So eine Ausdauer hatte nur die Gabriele Müller, kurz Gabi genannt, die seine Gewohnheiten kannte, ihn trotz der Regungslosigkeit zu Hause vermutete. Es befriedigte ihn, dass sie nicht mehr über das Gartentor kletterte und dann klopfend vor der Terassentür stand, nachdem er sie ausdrücklich darum gebeten hatte, dies zu unterlassen: „Ich kriege sonst noch Alpträume, erschrecke mich zu Tode." Nun rappelte er sich doch auf.

Durch die milchige Scheibe der Eingangstür glaubte er schon ihre Gestalt abzulesen, obwohl nur ein schemenhafter Schatten zu erkennen war. Als ob er sich doch täuschen könnte, und als stünde vielleicht ein wildes Tier davor, öffnete er die Tür nur vorsichtig ein kleines Stück.

„Das kann nicht wahr sein, warum öffnest du denn nicht? Ich stehe mir hier die Beine in den Bauch und es ist bitter kalt", sagte sie vorwurfsvoll.

Die Hände hatte sie tief in den Seitentaschen ihres abgewetzten Parkas eingegraben, dazwischen klemmten Einkaufstüten und er hatte das Gefühl, sie ballte dabei ihre Fäuste, um gleich auf ihn loszugehen.

„Habe halt geschlafen", murmelte er fast unverständlich und machte keine Anstalten, sich zu entschuldigen.

„Du hättest vorher anrufen sollen, woher soll ich wissen ...", fügte er schon fast mürrisch hinzu, ließ sie eintreten und war froh, dass sie diesmal auf Belehrungen verzichtete, man gehe normalerweise zur Tür, wenn es klingele oder forderte, er solle den Klingelton lauter stellen.

Versöhnlich, aber ein bißchen ironisch antwortete sie: „Du hast aber einen tiefen Schlaf, da kann man dir ja das Haus über dem Kopf abreißen, ohne dass du was davon merkst."

Er hilft ihr aus dem Parka, wirft ihn lässig über einen freien Haken an der Dielenwand. Es ist ihm schon seit einiger Zeit aufgefallen, wie sie sich im Haus umsieht, vor allem die Größe und Geräumigkeit hervorhebt: „Alleine muss es einem fast unheimlich sein in diesem Tempel. Wieviel Quadratmeter mögen das sein, bestimmt über zweihundert?", trifft sie nicht völlig daneben. Aber er findet, es geht sie nichts an. Aus ihren Gesten und Blicken meint er schon festgestellt zu haben, wie sie die Räume neu aufteilt. Hier könnten gut die zwei Kinderzimmer eingerichtet werden und ... .

Die gleichen Anzeichen hatte er bei seiner Mutter festgestellt, die zwar selbst ein kleines Häuschen erbaut hatte, auf das sie sehr stolz war und trotzdem ihren Einzug überlegte, den noch ledigen Sohn zu versorgen oder was auch immer, jedenfalls Besitz von dem Haus zu ergreifen. Sie hatte ihm offen ihre Verwunderung darüber gezeigt, ihre Schwester sogar nachträglich für verrückt erklärt und zunächst die Absicht gehabt, das Testament anzufechten, das ausgerechnet ihn zum Alleinerben bestimmt hatte. Selbst seine charakterliche Eignung stand da zur Debatte, sein Lebenswandel mache ihn ungeeignet für das Erbe. Er hatte sich lange nicht mehr so gedemütigt, verletzt gefühlt und verwundert festgestellt wie leicht alle Menschlichkeit oder Mütterlichkeit an solchen materiellen Dingen zerschellen konnte. Besonders erstaunlich für ihn war, dass sie ihr eigenes zuhause so leicht aufgeben wollte, das über Jahre ein wichtiger Lebenssinn war. Ein Auto, einen Fernseher und viele andere Annehmlichkeiten schaffte man erst sehr spät an und immer hieß es, war es ihr ein wichtiges Bedürfnis, es allen mitzuteilen, man habe gerade gebaut, könne sich deshalb weitere Anschaffungen nicht leisten. Selbst wenn er mehrfach in der Woche ins Freibad gehen wollte oder Ferienfahrten finanziert werden sollten, verweigerte sie ihm mit dieser Argumentation Pfennigbeträge: „Du weißt doch, wir haben gebaut und müssen das Haus abzahlen." Es war eine ihrer häufigsten Redensarten überhaupt und vielleicht war es ein Grund dafür, dass er das mütterliche Haus nicht mochte und heute jeden Kontakt damit vermied.

Es gelang ihm nur mühsam, sie in die Schranken zu weisen und er untersagte ihr, sich in irgendeiner Weise dem Nachlass überhaupt nur zu nähern. So übernahm er es selbst, die persönlichsten Sachen der Tante zu ordnen, ihre verbliebenen Kleidungsstücke zu sortieren, Sachen wegzuwerfen oder anderen Verwendungen zuzuführen. Noch bis heute klangen ihm gehässige Bemerkungen seiner Mutter in den Ohren: „Und wer weiß, was sie diesem Kerl noch an Geld vererbt hat. Jetzt kann der sich ja völlig auf die faule Haut legen."

Dabei war das Verhältnis zu ihrer Schwester keineswegs herzlich gewesen und sie hatte sie bis zu ihrem Tode weder gepflegt noch sonstwie intensiver betreut.

Vielleicht waren es diese Demütigungen, die ihm wieder hochkamen, wenn er feststellte, wie jemand anderes hier Maß nahm, Dispositionen anstellte, ohne dass die Situation danach war oder gar seine Einwilligung vorlag.

„Gehe ich dir auch nicht auf den Wecker?", sicherte sich Gabi zunächst ab.

„Komm doch erstmal richtig rein!", lockte er sie aus der großen Eingangshalle, die man früher eher als Diele bezeichnet hätte, heraus und in die ebenfalls geräumige Küche, die sich rechts davon anschloß. Sie erhielt aber die gewünschte Auskunft nicht, dass sie ihm willkommen sei.

„Einen Kaffee zum Aufwärmen?", fragte er mehr rhetorisch, hatte die Maschine schon in Gang gesetzt und sie traute sich bei seinem zugeknöpften Benehmen gar nicht, ihm zu sagen, dass sie lieber Tee getrunken hätte.

Er gab ihr manchmal Rätsel auf, aber sie musste sich fragen, in wieweit sie auf ihn eindringen durfte, da sie selbst unter ihrem Gefühlschaos litt, keine Klarheit in ihr Liebesleben bekam.

Sie setzte sich an den klobigen Holztisch, der in der Mitte der Küche stand, stöhnte dann herzzerreißend, blickte ihn hilflos an, und war ganz unsicher, ob sie ihn jetzt mit ihren persönlichen Problemen behelligen konnte.

Er ging nicht auf ihren Seufzer ein, half ihr nicht weiter, holte statt dessen in aller Ruhe die Kaffeetassen aus dem Schrank.

„Milch habe ich leider nicht mehr."

„Macht nichts." Wusste sie ja, dass der Kühlschrank, bis auf ein paar Flaschen Bier, meist völlig leer war, weil er sich nur selten selbst was zu essen machte, schon gar nicht kochte, sogar stolz darauf war, noch nie die Herdplatten benutzt zu haben und sogar jeden anderen daran hinderte.

Als Erklärung für dieses merkwürdige Verhalten ließ er sich nur einige höhnische Bemerkungen abringen. Er fände es lächerlich, dass alle vereinzelt vor ihren Feuerstellen hockten und für sich selbst etwas brutzelten. Das sei nicht nur eine riesige Verschwendung an Energie, sondern der soziale Aspekt des Essens ginge verloren - zumindestens bei den vielen Einzelhaushalten, die ja bald die Mehrheit ausmachten. Gabi gehörte nicht zu den Vertrauten, die vollständig in seine Essgewohnheiten eingeweiht wurden.

„Und wovon ernährst du dich?", fragte sie entsetzt.

„Mal so, mal so. Jedenfalls habe ich nicht die geringste Sehnsucht nach einem heimischen Herd oder gar mitanzusehen, wie sich da jemand abmüht und schindet."

„Das muss doch keine Schinderei sein und wenn man sich das teilt, gemeinsam ...?", gab sie nicht so leicht auf ihn auf ihren vermeintlich besseren Weg zu bringen.

Er hielt sich zurück, ihr deutlicher zu sagen, dass er eine tiefe Abneigung gegen dieses Braten und Köcheln habe. Ja, es hasse. Er akzeptierte jede Frau, die ähnlich dachte. Als ob sie seine Gedanken erraten hätte, ersparte sie ihm nicht die Bemerkung: „Und die Kinder, sag mal, würdest du die in die Kneipe oder Kantine schicken?"

„Ich glaube du bist da etwas konservativ. Schließlich ist das doch längst nicht mehr der Standard, dass die Kids mittags von dem Mütterchen oder Väterchen mit dampfenden Töpfen empfangen werden und gemeinsam getafelt wird."

Ihr fehlten erstmal die Worte. Dann sagte sie erregt: „Du bist verletzend und zynisch."

Er hatte schon Angst, sie würde ihm was von ihren Einkäufen an den Kopf werfen. Es war schwer zu erklären, dass es sich nicht mit seiner Malerei vertrug, dieses ganze Geschäft mit der Nahrungszubereitung, den Einkäufen dazu, der Bevorratung und Entsorgung. Schon in seiner Vorstellung raubte es ihm die letzte Energie - hatte er schließlich noch einen recht anstrengenden Job. Er besass geradezu eine Abscheu vor fettigen Fingern, die sich nicht mit dem Papier und den Farben vertrugen, die er zum Malen brauchte. Wahrscheinlich wäre sie mit einem der unangetasteten Küchenmesser auf ihn losgegangen, wäre das erste Mal Blut daran heruntergetropft, wenn er es gewagt hätte, diese Empfindungen zu äußern. Vielleicht gäbe es die Atombombe nicht, wenn Frau Einstein auf mehr Emanzipation bestanden hätte und ihr Mann mit nützlicheren Dingen beschäftigt gewesen wäre.

An dieses Gespräch musste er denken, als es aus Gabi herausplatzte, ihr die Vermutung kam, warum er sich heute so abweisend ihr gegenüber verhielt: „Bist du sauer auf mich, wegen gestern Abend? Habe ich dich da zu sehr überrumpelt? Ich hatte das Gefühl, du warst nicht richtig bei der Sache, hast mich so merkwürdig angesehen. Du kannst dir ja nicht vorstellen, was im Augenblick bei mir zu Hause los ist", wartete sie seine Antwort gar nicht ab, hatte stattdessen den Einstieg gefunden, ihr Leid zu klagen. „Wir sind völlig pleite, kriegen bei keiner Bank mehr einen Kredit. Es reicht nicht mehr, Lebensmittel einzukaufen, geschweige denn, die Miete zu zahlen. Da-

mit sind wir ebenfalls total im Rückstand, können täglich mit einer Räumungsklage rechnen, dass der
Vermieter das nicht schon längst gemacht hat, wundert mich. Wenn ich daran denke, wieder meine
Mutter anzubetteln, wahnsinnig werden könnte ich."
Gleichzeitig denkt sie: „Jetzt ist es wieder passiert,
hast du ihn wieder mit deinen Problemen belästigt",
dabei kennen sie sich gerade erst einige Monate näher.

„Was macht der bloß mit dem Geld?", meint damit ihren Mann. „Soviel kann doch niemand vertrin-
ken oder verspielen, lässt sich auf kein Gespräch ein,
wenn er überhaupt mal zu Hause auftaucht."

Fischer weiß, dass dies schon seit Jahren so geht,
hört nur stumm zu, traut sich kein Urteil über ihren
Mann zu, kennt ihn nicht, genauso wenig, wie ihre
beiden Kinder. Immer wieder sagt sie, dass sie es den
Kindern nicht antun wolle mit der Beziehung zu ihrem
Mann Schluss zu machen. Ihm fällt es schwer sich eine solche Ehe vorzustellen, wo angeblich sexuell
schon seit Jahren nichts mehr sei. „Der muss doch
krank sein", meinte sie dann, aber er hatte das Gefühl, dass sie ihn irgendwie noch schützte und sich
selbst schwer eingestehen konnte, was wirklich los

war. Sie preßt ihre Plastiktüten an sich, als wolle sie sich damit schützen.

Ja, sie hatte immer irgendwelche Einkäufe dabei, trotz der finanziellen Probleme, kaschierte damit wohl die heimlichen Besuche. Machmal waren es sogar Blumen, die sie draußen in einem Drahtkorb auf dem Fahrrad ließ. Die eigneten sich wahrscheinlich besonders gut als Ausrede, wenn man zu lange wegblieb. Wer wollte was dagegen sagen, dass man noch Blumen besorgt hatte, zum einpflanzen draußen, um sie als Topf - oder Schnittblume zur Freude aller in der Wohnung aufzustellen. Sie ließen keine bösen Gedanken aufkommen und vielleicht konnte man einen kritischen Blick noch mit einer spitzen Bemerkung abtun: „Du denkst ja an sowas nicht, interessiert dich nicht." Mal hatte sie wohl vergessen sie zu versorgen, hing so ein vertrocknetes kleines Gestrüpp mehrere Tage in dem Gepäckträger. Aber wahrscheinlich fragte ihr Mann gar nicht, hatte ja seine eigenen Heimlichkeiten. So stahl sie Zeit. Die Kinder brauchten nicht mehr ständig betreut zu werden, betonte sie mehrfach, hatten aber einen sorgenvollen Unterton, war sich nicht ganz sicher. Ihre Unruhe blieb meistens, ließ sich auch durch ein Liebesspiel nicht ganz vertreiben oder flackerte sofort danach stark auf. Schlimm war es, wenn sie die Zeit vergessen hatten und sie sich ernsthaft Gedanken machte, entdeckt zu werden.

„Was sag ich denn bloß?"

Zunächst hätte er sich beinahe einspannen lassen, ihr beim Lügen zu helfen.

„Musst du dich denn ständig rechtfertigen, wo du warst?" War das, keine Begründung abzugeben, vielleicht eine bessere Lösung, als irgendwelche Geschichten zu erzählen, die Sprache der Blumen zu mißbrauchen. Er schien sie mit seiner Äußerung zumindestens nachdenklich gemacht zu haben.

„Du hast eigentlich recht, der sagt mir ja auch nicht, wo er sich ständig aufhält. Der hat immer Überstunden gemacht, hatte noch was zu besorgen. Aber meistens entschuldigt er sich gar nicht, hat ja auch keinen Zweck überhaupt zu fragen. Ich habe ja lange Zeit geglaubt, er habe eine Freundin, bevor mir klar wurde, dass er spielt. Ehrlich gesagt, kommen mir manchmal noch Zweifel, weil ich mir nicht vorstellen kann, dass ein erwachsener Mensch so etwas tut.

Er ließ es lieber sie zu fragen, ob sie noch eifersüchtig sei. Selbst hatte er sich schon gefragt, ob es ihn störte, dass da noch ihr Mann war, und er wusste ja nicht, was von ihrem Eheleben wirklich noch existierte.

Nein, den Wunsch, sie ganz für sich haben zu wollen verspürte er nicht. Lag es daran, dass er sie nur so hin- und hergerissen, im Zwiespalt lebend kannte? Der Zeitdruck und alles dazugehörte, sonst vielleicht sogar etwas fehlen würde?

Die Zeiten direkt nach Dienstschluß, wo ohnehin Besorgungen fällig waren, schienen ihr am günstigsten. Es war fast normal, dass sie in der Klinik nicht pünktlich wegkam und außerdem hatte ihr Mann offiziell erst später Feierabend. Ein Treffpunkt war zunächst die nahegelegene Eisdiele, nur ein paar Querstraßen von der alten Spinnerei entfernt. Schlimmstenfalls hätte sie dann leicht behaupten können, es sei mit Mitarbeitern noch etwas zu besprechen gewesen oder wer konnte was dagegen haben, wenn man mit Arbeitskollegen noch einen Kaffee trank, ein Eis aß. Eine richtige Wissenschaft schien das zu sein, das Fremdgehen.

Besuchte sie ihn zu Hause, gab sie schon mal vor, mit einer Freundin im Kino zu sein, essen zu gehen. Einige Termine ergaben sich dadurch, dass sie die

Kinder zu Terminen, turnen, Ballett, Kindergeburtsta-
ge, brachte, und die Zwischenzeit bis zum Wiederab-
holen ihm widmete. So machte sie sich tatsächlich
sogar samstags und sonntags frei - immer in Eile und
auf der Hut. Es kam so eine ansehnliche Zahl von
treffen, auch intimen zustande. Er bekam dabei das
Gefühl, irgendwie mit ihr auf Reisen zu sein, immer in
Bewegung, ohne Rast. Sie brauche halt ein erfülltes
Sexualleben, versuchte sie selbst ihre Unruhe zu erklären.

„Das meinst du nicht im Ernst, mit diesem 'erfüllten'
Sexualleben?", reagierte er irritiert. Ich denke, die
Sexualität ist ein Bedürfnis, das sich nie ganz befriedi-
gen lässt, geradezu von unerfüllten Träumen und
Sehnsüchten angetrieben wird und lebt, niemals zu
einem glorreichen Ende oder Abschluß findet."

„Das ist mir jetzt wirklich zu kompliziert, reden wir
einmal ein andermal darüber. Ist aber ein sehr inter-
essantes Thema."

Aber wie würde nun ihre Familie reagieren, wenn
sie ganz aufhörte sich zu rechtfertigen, einfach tat
was sie wollte? Hatte er sich mit diesem Vorschlag
nicht zu sehr eingemischt. Was war das dann für eine

Familie, wo keiner mehr Rechenschaft ablegte, ein Entgegenkommen schuldete und sei es durch Lügen.

Solche Aussagen wie :„Du sagst mir ja auch nichts" oder „ich frage dich ja auch nicht wo du warst. Die Anwort kannst du dir ohnehin sparen ...", würden dann wohl den Ton beherrschen.

Die Auswirkungen auf die Kinder wollte er sich gar nicht vorstellen. Sich da bloß nicht reinhängen.

„Wo warst du denn so lange? Die Schule war doch längst beendet."

„Nirgendwo."

Aber was sollten die in einem Haus aus lauter Andeutungen und Rätseln. Er stoppte diese Vorstellungen schnell, konnte und wollte dafür keine Verantwortung übernehmen. Das war allein ihre Entscheidung.

„Du musst selbst wissen, wie du das handhabst, da kanh ich dir nicht raten."

„ Da arbeitet man in einer Suchtklinik, als Therapeutin, kann sich selbst nicht helfen", schloß sie resigniert, hatte anscheinend ihre anfängliche Frage vergessen, ob er mit dem gestrigen Abend unzufrieden sei.

Er unterließ es, sie darauf hinzuweisen, hatte nicht die geringste Lust, sich weiter darüber auseinanderzusetzen. Es fiel ihm in letzter Zeit immer schwerer, sich ihr gegenüber zu offenbaren. Wie sollte er ihre Beziehung beurteilen? Sie schwankte in ihrer Ehe hin und her, hatte plötzlich das Gefühl, es würde alles besser, strahlte dann richtig von innen: „Ganz nett war er auf einmal, kann ich dir sagen. Den Kindern etwas mitgebracht hat er", oder so ähnlich, drückte sie sich aus, obwohl sie am Tag zuvor mit ihm geschlafen hatte. Mit verheulten Augen stand sie dann schon kurze Zeit später wieder vor ihm, waren ihre Hoffnungen wie eine Seifenblase zerplatzt und äußerte wieder, jetzt reiche es ihr endlich, sie habe genug, sei er nur wie üblich nach großen Verlusten an diesen verdammten Spielautomaten reumütig gewesen, habe wieder ihr Vertrauen erschlichen, um ihr das letzte Geld aus der Tasche zu ziehen. Sie ersparte ihm nicht mal, dass ihr Mann die ganz große Liebe gewesen sei, wie stolz ihre Eltern gewesen seien, als sie, selbst mit der Ausbildung fertig, einen so gut aussehenden Arztkollegen geangelt habe. Beide aus bestem Hause, ... , hatten sich ihre schönen Träume in ein andauerndes Elend verwandelt.

Klaus Fischer hatte sich nicht mal an den Küchentisch gesetzt, um seinen Kaffee zu trinken, stand unschlüssig mit dem Rücken an die Küchenzeile gelehnt da, wie abwesend.

Normalerweise hätte er sie nun ins Wohnzimmer bitten müssen, hilflos sah sie ihn an. Langsam stieg Ärger über sein distanziertes, teilnahmsloses Verhalten in ihr auf und sie merkte, dass sie sich auf einen Punkt zu bewegten, wo es zum Bruch kommen konnte. Sie hielt sich bewusst zurück: „Ich wollte dich nicht stören. Entschuldige, dass ich dich ohne Anmeldung überfallen habe, dich so einfach mit meinen Sorgen behellige."

Sie greift schon nach ihren Einkäufen, die sie nicht draußen am Fahrrad hängen lassen wollte, fühlt sich leer, leichte Übelkeit hat sich nach dem ersten Schluck Kaffee eingestellt. Hier findet sie heute keinen Trost, wenn überhaupt irgendwo. Dennoch fällt es ihr schwer, den Besuch jetzt so abzubrechen und sie findet gerade noch einen besseren Abschluss: „Ich halte dich bestimmt vom Malen ab, hattest dir was vorgenommen?"

Erleichtert stimmte er zu, war ihr dankbar, dass sie einen Ausweg aus der langsam peinlich werdenden Situation gefunden hatte.

Schnell stand sie auf: „Danke für den Kaffee. Wollte gar nicht lange bleiben. Die Kinder warten schon. Tschüs dann! Wir sehen uns vielleicht morgen bei der Arbeit."

„Ja, mach's gut, bis bald!"

Als die Tür ins Schloss gefallen war, atmete er auf, sah ihr durch das kleine Seitenfenster in der Eingangshalle nach, wie sie ihr Rad bestieg und hastig davonfuhr. Dann stand er noch eine Weile da, bevor er ins Wohnzimmer zurückging, sich noch einmal hinlegte, jetzt nicht arbeiten konnte, sich erst einmal beruhigen, das Erlebte verdauen musste.

Er konnte sich nicht vorstellen, dass sie in absehbarer Zeit aus diesem Kreislauf von Hoffnung und Enttäuschung herauskäme, vor allem aufhören könnte, sich um ihren Mann Sorgen zu machen, die den größten Teil ihrer Energie verbrauchten. Oder brauchte er nur stärker auf sie zuzugehen, um sie da herauszuholen, sie für sich zu gewinnen, wenn er dies wirklich wollte?

Sie hatte rötlichbraune Haare, eine sogenannte „Rubensfigur" und eine sehr feminine Ausstrahlung. Selbst wenn sie von der Kleidung her richtig abgerissen aussah, empfand er sie als attraktiv, anziehend. Äußerlich entsprach sie fast seinen Idealvorstellungen. Aber er lehnte sich immer stärker dagegen auf, sich in ihren auf und ab gehenden Gefühlstrudel hineinziehen zu lassen.

Mal sah sie ihn so versonnen an: „Wenn du dich doch aufraffen könntest, mit der Prüfung ...", wäre es ihr dann vielleicht leichter gefallen, das Boot zu wechseln? Sie sprach den Wunsch aber nicht offen aus, dass ihr ein fertiger Mediziner lieber gewesen wäre.

„Hat schon irgendwas", sagte sie zu seinen Bildern, „aber ...", hielt sich mit kritischen Äußerungen zurück, hatte offensichtlich einen anderen Geschmack. Erkundigte sich aber nach möglichen Fortschritten: „Warst du denn in der Kunsthochschule, hattest doch den Kurs ..., belegt", hatte sie die Hoffnung nicht ganz aufgegeben, es könnte noch etwas Vernünftiges dabei herauskommen, was Anständiges aus ihm werden. Der Graben zwischen ihnen wurde größer, als er merkte, dass sie ihm Selbstvertrauen nahm, er sogar anfing sich zu rechtfertigen und zu verteidigen.

„Ich finde nicht, dass das was mit Kunst zu tun hat, was die da anbieten", war der Kurs für ihn längst erledigt.

„Was findest du denn, was ist deiner Meinung nach Kunst?"

„Selbst wenn sich das komisch anhört, ist es ungewöhnlich, erstaunlich, provokativ, etwas noch nicht Dagewesenes, das andere zum Nachdenken anregt, aus dem Normalen herausreißt", bereute er schnell, sich überhaupt auf ein solches Gespräch eingelassen zu haben, als sie nur mit einer gerunzelten Stirn antwortete. Interessierte sie sich wirklich dafür? Machte ihn dann noch zum x-ten Male auf irgendeine Ausstellung aufmerksam: „Da werden die Bilder von Goethe ausgestellt. Der war ein Universalgenie oder ...?"

Das Wort Universalgenie betonte sie so komisch, als ob sie ihm damit eine Ohrfeige geben wollte. Er traute sich nicht zu sagen, dass der wahrscheinlich ebenfalls klein angefangen hätte. Na ja, und das Universum, wer wusste schon, wo das anfing und endete. Aber zu diesem Geniebegriff passten solche Zweifel nicht. Das hatte etwas Absolutes, wenn nicht

Zerstörerisches. Jedenfalls trug sie solche Sprüche wie einen Schutzschild vor sich her, was ihr eine gewisse Sicherheit, ein Stück Identität zu geben schien bei ihren ganzen Problemen.

Gestern abend hatte sie ihn spät, nachdem er sich schon schlafengelegt hatte, auf der Station aufgesucht. Sie stand plötzlich in der Tür, riss sich ohne viele Worte die Kleider vom Leib, zog ihm ohne Aufhebens die Bettdecke weg und stürzte sich beinahe auf ihn. Sie ließ ihm kaum eine Wahl, brauchte ihn allerdings auch nicht sehr zu überreden, ihre üppigen Formen, ihre Wärme erregten ihn leicht, obwohl er bei der ganzen Aktion neben sich stand, sich zu sehr überrascht, bedrängt fühlte. Da das Bett schmal, das Zimmer äußerst eng war, blieb sie nicht lange, merkte, dass sie bei ihm persönliche Grenzen verletzt hatte. Er machte ihr keine Vorwürfe, tat so, als ob es nur ein Traum gewesen sei: „Bist du vielleicht nur ein Geist?", und fasste mit der einen Hand schauspielerisch an ihr vorbei ins Leere, um seinen Eindruck zu untermauern. „Bin jetzt aber verdammt müde", rieb er sich demonstrativ die Augen und drehte sich zur anderen Seite. Sie zog sich im Halbdunkeln an, gab ihm noch einen flüchtigen Kuß auf den Hinterkopf und verschwand wieder. Was sollte er ihr über seine Empfindungen zu dieser Aktion sagen. In der Sexualität ging es bestimmt nicht immer so zu, dass jeder gleich erregt oder beteiligt war. Diese Widersprüche gehörten bestimmt dazu.

10

„Willst du sie mal sehen", wollte Gabi ihm bei einer anderen Gelegenheit Bilder von ihren zwei Kindern zeigen.

„Lass lieber", wehrte er ab, ohne sich weiter zu erklären.

Er versuchte sie sich mit ihren zwei Kindern in diesem Haus vorzustellen. Räume waren zwar genug vorhanden, aber inzwischen hatte jeder eine eigene Funktion, sah es nur für jemand Fremden unbewohnt oder gar leer aus. In jedem Zimmer war ein Stück seines Lebens untergebracht. In dem einen Erinnerungsstücke von seiner Tante, dem Onkel, der im Krieg ein Bein verloren hatte, ein Holzbein trug. Bilder, ein paar blankgeputzte Werkstücke aus seiner kleinen Kunstschmiede, mit der er sich recht und in den letzten

Jahren immer schlechter durchs Leben geschlagen hatte. Für dieses mehrfach um- und angebaute halb Stein - halb Fachwerkhaus, eine kleine Rente und ein nicht ganz unansehnliches Sparbuch, in dem es in den letzten Jahren dem wirtschaftlichen Niedergang des Geschäfts entsprechend, außer den Zinsgutschriften nur noch Abhebungen gab, hatte es jedenfalls gereicht.

In dem nächsten Zimmer waren Erinnerungen aus seiner Kindheit, Jugendzeit, Schul- und Studiumunterlagen untergebracht. Im nächsten Malwerkzeug, dann das Atelier, mit dem großen Giebelfenster, ein winziges Schlafzimmer, das früher als Abstellkammer genutzt wurde, dem schloss sich eine kleine Bibliothek an. Versonnen ging er oft von Raum zu Raum, hielt Zwiesprache mit den Gegenständen, der Zeit, an die sie ihn erinnerten.

Er liebte es, wenn die Räumlichkeiten eine gewisse Leere ausstrahlten. So waren sie äußerst kärglich möbliert, teilweise nur mit einer Kommode, einem kleinen Schränkchen, dazu mal einem kleinen Sofa oder ein paar Sesseln, Stühlen und immer mit üppig wuchernden Grünpflanzen ausgestattet.

Ein Hochzeitsfoto von Onkel und Tante stand da auf einer Kommode. Sogar das Gebetbuch der Tante hatte er aufgehoben. Ja, die Tante und das Beten. Mindestens drei bis viermal die Woche ging sie in die Kirche. An einem kleinen Altar, in ihrem Schlafzimmer, mit einer Mutter Gottes Figur, brannte oft eine Kerze. Es waren die persönlichen Andachten und Gedenken, die sie dort noch zusätzlich abhielt. Wenn er sich ihr Bild ansah, konnte er sich oft ein Lächeln nicht verkneifen, denn es wurden ihr Männerbekanntschaften nachgesagt. Selbst hatte er nie etwas beobachtet, obwohl er dort ein und aus ging, aber andere schworen darauf. Vielleicht war es die Kriegsverletzung des Onkels, die damit zu tun hatte. Die Beziehung der beiden war für ihn nicht einschätzbar. Zuneigung wurde damals öffentlich ohnehin nicht gezeigt. Sie lebten halt zusammen. Wer fragte da schon groß nach. Es war nicht die Generation, die überhaupt an Scheidung gedacht hätte. Der Onkel war nicht nur beinamputiert, sondern auch noch ziemlich schwerhörig und stark in sich gekehrt, meist intensiv mit seiner Arbeit oder Musikinstrumenten beschäftigt. Er konnte fast jedes Instrument, einschließlich einer 'Säge', spielen. Da lebte er auf. Nachbarn setzten sich hinzu, und er sang und schaukelte dazu, entpuppte sich zu einem richtigen Unterhaltungskünstler. Nie war von ihm ein böses Wort zu hören, immer war er die Gutmütigkeit selber.

Dann lagen da die zerschmetterten Musikinstrumente an der Hintertür.

„Das war die Tante. Die gönnt ihm wohl diesen Spass nicht", behaupteten die Bekannten aus der Nachbarschaft, die immer alles genau wussten. Verstört stand Klaus vor den Trümmern, die niemand anrührte, erst nach Tagen verschwunden waren. Er konnte der Tante dieses Verhalten nicht zutrauen, wie sie da äußerst brav und bieder von dem Foto zu ihm hinschaute, mit diesen strengen Dauerwellen, adrett und anständig in ihrem ganzen Auftreten.

„Hast du gesehen, da brennt wieder eine Kerze", tuschelte man.

„Der ... ist wohl auf Urlaub in seiner Heimat!"

Die Tante hatte zeitweise ein, manchmal sogar zwei Zimmer an die ersten sogenannten 'Gastarbeiter' vermietet. Verwundert wurden sie von den Kindern angestarrt, waren sie doch dunkler, hatten dichte schwarz gelockte Haare, wie es sich viele einheimische Bleichgesichter sehnlichst wünschten.

Auf einer Decke im Garten der Tante, an einem heißen Sommertag waren ihm die ersten beiden begegnet und vielleicht war es tatsächlich nicht die
reine Barmherzigkeit, die eine Kerze im Schlafzimmer
der Tante zum Erleuchten gebracht hatte. Die Un-
termieter nahmen bald eine eigene Wohnung und
die Gerüchte ebbten ab. Die Kirchgänge schützten
sie auf merkwürdige Weise vor übermäßigem Tratsch
oder schlimmeren Angriffen. Die Frömmigkeit umgab
sie mit einem Schutzmantel, der auch von seiner Mutter nicht zu durchdringen war, die sich gerne als Tu-
gendwächterin aufspielte. Spötter verstummten,
wenn die Tante meistens schwarz gekleidet mit
Handtasche und dem abgegriffenen Gebetbuch in
der anderen Hand bewaffnet auftauchte. Sie galt als
ungewöhnlich intelligent und scharfzüngig. Wer sich
mit ihr anlegte, zog schnell den Kürzeren. Da reichten
kurze Zurechtweisungen.

Es hatte in seinem Leben bisher keine Vorbilder für
ein gelungenes Familien- oder Zusammenleben gegeben. Man zog ihn allerdings auch nicht in offene
Auseinandersetzungen hinein, wenn es die überhaupt gab, so friedfertig und duldsam der Onkel war.
Nicht einmal Kummer war ihm anzusehen, auch nicht

an dem Tag, als die Instrumente zerbrochen auf der Erde lagen. War es wohl nicht das Schlimmste, was man ihm angetan hatte.

Alles sträubte sich in Klaus Fischer, sein Leben grundlegend zu ändern. Die Stille des Hauses, die Geräumigkeit, das so angenehme in sich selbst Ruhen, aufzugeben. Er genoß es, viel Zeit für sich selbst zu haben, sich nach Lust und Laune zurückzuziehen, manchmal stundenlang dazuliegen, nachzudenken und sich dann mit großer Konzentration an die Staffelei zu setzen. Mehr als zwei bis drei Stunden am Tag, dies aber möglichst regelmäßig, mit Pausen nach gut einer Dreiviertelstunde, verbrachte er nicht mit dem Malen, sonst überanstrengte es ihn. Die Ideen zu manchen Farbbildern entstanden ganz spontan, abends vor dem Einschlafen, meist wenn er sich entspannte. Und er versuchte sich dann diese Vorstellung einzuprägen, gab dem Bild einen Namen, schrieb seltener eine kurze Notiz auf, hätte sich aber nie von seinem üblichen Tagesablauf abbringen lassen, um unmittelbar oder gar nachts loszulegen. Viele Motive ergaben sich erst vor der Leinwand, entwickelten sich langsam, Strich für Strich. Trotzdem glaubte er, dass diese Bilder vorher schon da waren, er sie nur möglichst perfekt aus der Malunterlage oder seiner Phantasie herausholen müsse, er nur das Medium war, das einen Auftrag erfüllte. Kreativität hatte für ihn viel mit Spiritualität, wenn nicht Religion zu tun. Er bewunderte Bilder, die mit wenigen Strichen, Farbtupfern räumliche Tiefe schufen, eine eigene kleine Welt darstellten, Platz für eigene Deutungen, Phantasien und Träume ließen, ohne dass dabei dicke Farbschichten übereinander aufgetragen waren.

War es der Onkel, der seine Liebe zur Malerei geweckt hatte? In der Kunstschmiede war es üblich, dass technische Zeichnungen angefertigt wurden. An einem Zeichenbrett entstanden mit schnellen Strichen Gebilde von Zäunen, Tore und Gitter. Der Onkel sah in dieser Zunft aber keine rosige Zukunft mehr und unterließ es, den Neffen für seine Schmiede zu interessieren. Eher hatte er Angst, er täte sich da was und warnte ihn vor den glühenden Eisen, den Gasflaschen, denn längst war das Holzkohlefeuer erloschen, die Handwerksromantik zischenden Schweißgeräten, kreischenden Sägen und Schleifmaschinen gewichen. Sprühende Funken und messerscharfe Splitter konnten leicht ein strahlendes Auge verletzen. Der Onkel verlor allmählich selbst die Lust an seiner mehr und mehr von Maschinen und vorgefertigten Eisen bestimmten Arbeit.

„Sei vorsichtig, pass auf, komm lieber nicht näher!", waren seine häufigen Mahnungen. In den Pausen durfte Klaus schon mal auf sein Holzbein klopfen.

„Scheiß Krieg, verdammter", sagte der Onkel dazu.

Beim Zeichnen konnte Klaus ruhig zusehen, störte nicht und es erschien zunächst ungefährlich.

„Mal mir doch mal was", hatte er ihn öfter aufgefordert.

Und der Onkel bekam Spass daran, malte ihm lauter Hexen, mit Buckel, Katze auf dem Rücken, Hakennase, Kopftuch, geflickten Gewändern und alles in unterschiedlichen Kombinationen. Aber nur Hexen und nochmals Hexen. Sie ritten auf Besen, tanzten im lodernden Feuer, brieten, kochten, zauberten, dass das kleine Herz bebte und ihm Hören und Sehen verging. Öfter wich er erschreckt zurück, wenn der Oheim es mit Buntstiften und Wachsmalkreide all zu toll trieb und ihm angst und bange wurde vor dem Spuk, der in kürzester Zeit auf dem Papier entstanden war. Um das grauenvolle Szenario noch zu unterstreichen, stieß der 'Künstler' dabei furchterregende Laute aus, versuchte die lodernden Flammen und den

Hexentanz akustisch zu untermalen. Mutter und Tante schüttelten nicht selten missbilligend die Köpfe. Gab es nicht manchmal gewisse Ähnlichkeiten in den Gesichtszügen zwischen ihnen und den Märchengestalten? Erholte sich der schlitzohrige Onkel nicht nur von der Eintönigkeit des technischen Zeichnens? Manche Darstellungen konnte sich der kleine Klaus nur aus sicherer Entfernung ansehen, erlebte so, wie durch einfachste Mittel eine faszinierende, wenn auch furchterregende Welt mit ein paar Strichen und Farbklecksen zum Leben erwachte. Oft sass er selbst dann stundenlang da, zeichnete Figuren und Geschichten aus der Comic- und Ritterwelt, aber niemals Hexen.

11

In seinem Atelier angekommen, setzte er sich auf einen Hocker vor die Leinwand. Es waren nur einige vertikale und horizontale Linien zu erkennen. Mit größter Ruhe sass er da, suchte auf dem Papier und in seinen Vorstellungen nach dem weiteren Fortgang. Er konnte nicht verstehen, dass manche Maler sich bei ihrer Arbeit quälten, litten, wenn ein Werk zu scheitern drohte. Mit der richtigen inneren Sammlung, kamen ihm die Inspirationen wie von selbst, wie zu einer Andacht sass er da und fühlte sich schon nach kurzer Zeit wie unter einer Droge von allen äußeren Ereignissen befreit. Bilder aus verschiedenen Abschnitten seines Lebens gingen an ihm vorbei, während er neue Linien zog, ohne Hast, aber sehr bestimmt, Korrekturen anbrachte. Es gelang nur selten etwas auf Anhieb und trotzdem hatte er nie den Eindruck, es ginge nicht weiter. Er malte in schwer entschlüsselbaren Symbolen sein Leben, Träume von der Zukunft und wo sollte da ein Ende sein? Er versuchte darauf zu achten, ob er bei schmerzhaften Erinnerungen anders malte als bei freudigen. Es fiel ihm schwer, im Augenblick der Arbeit, direkte Zusammenhänge festzustellen. Hatte er nach einer längeren Zeit mehr Abstand zu den Bildern, war es ihm oft so, als ob sich ganz plötzlich eine Deutung einstellte, völlig klar war, was für Empfindungen, welche Erlebnisse hinter dieser Arbeit standen. Andere Abbildungen bewahrten ihr Geheimnis, ließen ihn weiter rätseln, waren trotzdem in sich vollkommen, abgerundet. Betrachter interpretierten dies möglicherweise ganz anders, und es konnten starke Antipathien, ja Aggressionen in ihm aufkommen, wenn jemand ohne böse Absicht Anregungen gab: „Da würde ich noch etwas Rot nehmen", oder sonst irgendwelche Verbesserungen vorschlug.

Das Verhältnis zu Gabi hatte sich dadurch nicht verbessert, dass sie ihn ohne Scheu kritisierte, „finde ich etwas blass", wenig Respekt seiner Arbeit gegenüber zeigte. Sie unterschied sich dabei kaum von seiner Mutter: „Habe da ein paar Bilder von dir gesehen, hm", ratloser Blick, den Rest ersparte sie ihm Gott sei Dank.

Seine ablehnende Haltung ließ Gabi aber verstummen. Er half ihr auch sonst nicht mehr, ein gemeinsames Gespräch zu finden und allmählich wurden sie sich immer fremder. Ihre Auftritte waren ihm zu herrisch, autoritär. Sie hatte in seiner Erinnerung allerdings nie mehr Herzlichkeit oder Wärme ausgestrahlt. Bestimmt hatte sie es nach dem Krieg nicht leicht, ihn, nachdem er unehelich geboren wurde, allein großzuziehen. Sie verweigerte ihm jede Auskunft darüber, wer sein Vater sei, und selbst die Tante war nicht dazu in der Lage gewesen, dieses Geheimnis zu lüften. Seine Zeugung schien für sie mit Bitterkeit oder Schlimmerem verbunden gewesen zu sein. Öfter hob sie in Gesprächen hervor, die er mehr zufällig mitbekommen, dass sie keinen Mann brauche, ihr da wirklich nichts fehle. In seinen Ohren klang das seinem Geschlecht gegenüber abfällig, und er vermied dann ganz das Gespräch mit ihr über seine Abstammung und Kindheit. Auch mit zunehmendem Alter kam sie ihm nicht weicher, einfühlsamer oder zugänglicher vor. Mit ihrem grauen Bürstenhaarschnitt, den meist grauen Flanellhosen und groben Strickjacken oder Pullovern, hatte sie für ihn eher eine geschlechtslose, um nicht zu sagen maskuline Ausstrahlung. Er fragte sich öfter, ob es in anderen Familien ebenfalls so unterkühlte oder zerbrochene Beziehungen gab. Die öffentliche Meinung, war noch ganz auf eine heile Familienwelt ausgerichtet und die Medien vermittelten dies unentwegt. Sogar in neuen Therapierichtungen, die zur Zeit groß in Mode waren, herrschte eine strenge Familienideologie - ohne seine Angehörigen war der Mensch nichts. Gleichzeitig wurde in den Wirtschaftsjournalen ein knallharter amerikanischer Firmensanierer bewundert, der rücksichtslos Leute entließ, überhaupt keine soziale Verantwortung kenne, keinerlei Beziehung mehr zur

Verwandtschaft unterhielt und nicht einmal zur Beerdigung seiner Eltern erschienen sei. Er fragte sich, wieweit solche Verhaltensweisen von den augenblicklichen wirtschaftlichen Verhältnissen, dem Zeitgeist, der Religion oder der menschlichen Natur mitgeprägt seien? Dabei unterschätzte er nicht, dass da Gefühle, innere Bande sein konnten, die einem nicht ständig präsent waren, möglicherweise erst dann zum Vorschein kamen, wenn dem Angehörigen ein Leid oder Schlimmeres geschah. Er konnte sich vorstellen, dass Eltern gegenüber den Kindern grundsätzlich anders empfanden, als umgekehrt. In der Klinik gab es allerdings häufiger Fälle, in denen, sowohl von den Kindern als auch von den Eltern aus, Kontakte völlig abgebrochen wurden, aber nur selten litten sie nicht darunter. Am Verhalten der Mutter störte ihn heute am meisten, dass sie ihn irgendwie als Untergebenen betrachtete, der ihr Rechenschaft schuldete, dass sie nicht bereit war, seinen Lebensstil zu akzeptieren. So versuchte sie sogar auf ihn einzuwirken, dass er doch an die Gründung einer Familie denken müsse.

„Willst du hier in diesem großen Haus zu einem Sonderling werden?", machte sie sich ernsthaft Sorgen.

„Diese Dame, mit der ich dich in der Stadt gesehen habe, wer ist denn das, kann man die mal kennenlernen?", ließ sie nicht locker, merkte nicht, wie groß der Graben zwischen ihnen geworden war.

„Ist nichts Festes oder so ...", kämpfte mit sich, ihr überhaupt eine Antwort zu geben und wunderte sich, dass sie nicht 'vorstellen' gesagt hatte. Der Gedanke, mit einer Bekanntschaft im Wohnzimmer seiner Mutter Kaffee zu trinken und „small talk" zu halten, kam ihm völlig abwegig vor, reizte ihn nicht einmal zum Lachen.

Wahrscheinlich würde sie sich nach der Berufsausbildung, den familiären Verhältnissen erkundigen, als sei nichts.

Gerade sie! Und mit dieser Art der Beschäftigung, so könne er sich doch wohl nicht sein zukünftiges Berufsleben vorstellen.

Nichts war ihr so wertvoll wie ihre akademische Ausbildung. Wie sie da in den Kriegsjahren unter großer materieller Not, kaum etwas zu essen und zu heizen gehabt, ihr Studium absolviert habe. Sie wurde nicht müde, ihm darüber zu berichten.

„Und nun hast du dich damit abgefunden, als Hilfspfleger zu enden oder wie ist die genaue Berufsbezeichnung?"

Er hatte sich fest vorgenommen, sich durch solche Bemerkungen nicht mehr provozieren zu lassen, nicht in kindlichen Trotz zu verfallen.

„Ich bin dir da gar keine Rechenschaft schuldig und bitte dich darum, dich nicht mehr in dieser Weise in mein Leben einzumischen", versuchte er einen diplomatischen Ton anzuschlagen und merkte im letzten Teil des Satzes, das es nicht nur sachlich klang, sondern im gleichen Augenblick eine ungeheure Distanz zu seiner Mutter spürbar wurde, als sei er persönlich kaum mehr an diesem Gespräch beteiligt.

Seine Haltung verfehlte nicht ihre Wirkung.

„Wenn du mir da irgendetwas vorzuwerfen hast...?", hatte sie in letzter Zeit öfter versucht, eine grundsätzliche Klärung herbeizuschaffen.

„Ich habe nie behauptet, dass ich als Mutter ...", kam sie aber nicht weiter. Konnte doch nicht so leicht über ihren eigenen Schatten springen. Wenn er ihr doch wenigstens Vorwürfe gemacht hätte.

„Aber das ist längst vorbei, Mutter. Diese alten Kamellen. Ich hatte noch nie ernsthaft den Gedanken, mich mit dir darüber auszusprechen."

Langsam schien sie zu begreifen, dass er nicht die neue Lebensaufgabe für sie nach ihrer Pensionierung war und sie ließ es, ihn mit Lebensmitteln versorgen zu wollen oder sich sonst wie um sein leibliches und häusliches Wohl zu kümmern. Beleidigt brach sie zeitweise jeden Kontakt ab, ignorierte seine Geburtstage und verstärkte das Gefühl, dass sie sich völlig fremd waren. Wenn sich ihre verhärmte Gestalt nicht so tief in sein Bewusstsein eingegraben hätte, würde er sie möglicherweise mal an der Haustür mit den Worten empfangen: „Ja, Sie wünschen bitte?"

Nach der 'Teufelsaustreibung' mit dem Besenstiel war er am nächsten Tag ganz normal zur Schule gegangen. Nichts passierte. Der Zettel hatte keine Folgen mehr, außer, dass Frau Kleinerüschkamp in der nächsten Zeit über ihn hinweg oder durch ihn hindurch sah, als sei er Luft, und sie unterschied sich in diesem Verhalten nicht mehr von den Kindern. Er wusste nicht, ob noch etwas hinter den Kulissen geschehen war. Es interessierte ihn auch nicht. Der Zettel tauchte nicht wieder auf, und es wurde auch zu

Hause kein Wort mehr darüber gesprochen. Wahrscheinlich war dies die geschickteste Bewältigung seiner Untat. Ein Schulwechsel hätte möglicherweise ungewollten Staub aufgewirbelt.

Mit Gabi, war das nur eine kurze Episode, die nun zu Ende ging? Er horchte in sich hinein und stellte fest, dass er nur wenig Bedauern empfand, sondern sich bei dem Gedanken eher erleichtert fühlte.

12

Am nächsten Morgen war Übergabe. Fidi hampelte wie üblich nervös auf seinem Stuhl rum. Fischer dachte, wenn der morgens pusten müsste, was da wohl herauskäme. Machmal hatte er schon nach kurzer Zeit kleine Schweißperlen auf der Stirn, schwitzte den Restalkohol langsam aus, strich sich immer wieder hektisch über seine Stirnglatze oder zupfte an seinen allmählich grau werdenden, wieder einmal wild wuchernden Barthaaren herum. Ständig schob er irgendwelche Papiere auf dem Schreibtisch hin und her, hatte schon wieder seine Buntstifte hervorgeholt, um etwas am Dienstplan zu ändern. Da war jemand krank und wer sollte nun die Vertretung übernehmen, krauste er die Stirn. Fidi machte es sich nie leicht, hatte vieles zu bedenken. Die eine hatte gerade Wochenenddienst, die andere musste ihre Kinder mittags mal sehen, so stieg er letztlich meistens selbst ein. Sein soziales Gewissen ließ es nicht zu, einer Kollegin weh zu tun, lieber verzichtete er selber, einer der wenigen menschlichen Lichtblicke in dieser Klinik. Aber seine 'stressigen' Feierabende, das starke Rauchen, ließen Fischer ernsthaft um Fidis Gesundheit bangen.

Es war schwer abzuschätzen, wie viele der KollegenInnen auf einem ähnlich gefährlichen Trip waren. Morgendliche 'geheimnisvolle Unpässlichkeiten' und der Krankenstand sprachen jedenfalls Bände.

Ihr Verhältnis bekam in letzter Zeit Risse, weil er den Eindruck hatte, der Kollege verlöre langsam den Überblick, würde ungerecht und in seinem Ton allzuoft gereizt. Die lässige Spassmacherei, die sie verband, bekam langsam ein paar dunkle Flecken.

„Du sag mal, Klaus, äh, war da was mit einer Flasche Mundwasser? Die Schönfeld hat sowas in der Gruppenstunde erzählt. Der Dr. Tarnjek und die Frau Großekathöfer waren stinksauer, dass sie nicht darüber informiert waren, vor den Patienten völlig dumm dastanden", wurde seine Stimme schon leicht aggressiv.

Fischer schluckte erst einmal unauffällig, verzog aber keine Miene. Er hatte nach der Hammeraktion schon gedacht, dass sie das Fläschchen so leicht nicht los würden, aber dass es so schnell wieder auftauchte. Sogar bis nach Hause war ihm die Aktion noch gedanklich gefolgt.

Fidis Gesichtsausdruck wurde ungehalten: „Du, das kannst du so nicht machen oder hat sich die Schönfeld da was aus den Fingern gesogen?"

Fischer schwieg noch immer.

„Dann musst du mal zum Team kommen, selbst mit den anderen reden, wenn du dich nicht an die Regeln halten willst. Mir ist das egal. Überlege dir selbst, was du dem Tarnjek sagen willst, der war jedenfalls ganz aus dem Häuschen", klang jetzt schon Resignation mit, in seiner Stimme.

„Ich weiß auch nicht, was ich der Pflegedienstleitung sagen soll. Die Koslowski will das aufgeklärt haben, hat darauf bestanden, dass ich sie informiere. Der Tarnjek war total sauer, ist doch sonst nicht so oder?"

„Ich teile nicht deine Begeisterung für den. Für mich ist der völlig unberechenbar. Was weißt du schon von dem? Wenn das alles stimmt, was der von sich erzählt, müsste der zehn verschiedene Leben geführt haben und glaubt wohl, man kenne seine kleinen Geheimnisse nicht", machte Klaus endlich den Mund auf. Wusste gleichzeitig, dass er möglicherweise schon wieder neuen Zündstoff ausgelegt hatte, aber vertraute dem Fidi, dass der darüber den Mund hielt.

„Davon weiß ich nichts", war der erstaunt und neugierig zugleich. Es wäre ein Leichtes gewesen, das Gesprächsthema zu wechseln. Aber die Sache musste erst einmal aus der Welt.

„Was sollen wir nun machen?", setzte Fidi nach kurzer Pause das Gespräch fort.

„Die Schönfeld hat natürlich die Wahrheit gesagt", formulierte der Bedrängte nun etwas umständlich. „Das war doch völlig harmlos mit dem Mundwasser. Sie kam gleich nach dem Stadtausgang rein und gab es ab."

„Und?", schaute Fidi ihn gespannt an und konnte sich ein Grinsen dabei nicht verkneifen. „Außerdem weiß ich nicht, ob die Großekathöfer da nicht recht hat, wenn sie meint, hinter so einer Gedankenlosigkeit von der Schönfeld kann schon mehr stecken. Hat die denn bisher begriffen, worum es geht?", setzte er nicht ohne einen gewissen Triumph hinzu.

„Wir haben das Ding ganz einfach weggeworfen, was sollte denn sonst damit passieren? Wenn die Pflegedienstleitung unbedingt die Flasche sehen will, kann ich ja eben eine neue besorgen", setzte er nicht ohne Hohn hinzu.

„Soviel ich weiß kosten die eine Mark und fünfzig, höchstens!"

„Na, so kannst du damit aber nicht umgehen! Das ist ja Eigentum der Patientin ... !"

„Du wolltest sagen, man hätte es ihr nach der Therapie aushändigen können? Aber selbst dann kann sie es ja nicht benutzen. Das war doch mit ihrem Einverständnis, denke ich. Wir können sie ja fragen. Ist doch wohl ein Witz, die ganze Geschichte! Was? Und dann für einen solchen Sch... einen Bericht schreiben?"

„Und was soll ich nun den anderen mitteilen?"

„Sag denen von mir aus, wir hätten möglicherweise einen großen Fehler gemacht, die Sache unterschätzt, indem wir die Flasche eingezogen, vernichtet und ihr ansonsten keine Bedeutung beigemessen hätten. Warte, ich tippe dir das gerade in die Maschine."

Er nahm einen dieser Berichtsbögen, schilderte kurz den Vorfall und fügte noch hinzu: „Da ich ausschließlich im Nachtdienst tätig bin, war ich möglicherweise nicht dazu in der Lage, die ganze therapeutische Tragweite dieses Ereignisses richtig einzuschätzen. So, ist das gut?"

Fidi schaut erstaunt: „Wenn du meinst, so kannst du mit denen umgehen. Du weißt, so ganz einfach ist deine Position nicht", drückte er sich ziemlich verschwommen aus.

„Ich weiß nicht, wie die PDL (Pflegedienstleitung) darauf reagiert. Aber das musst du selbst wissen."

Das Telefon klingelte.

„Muss von draußen sein", hörte man am zweifachen Klingelton.

Fidi ging ran: „Für dich!", mit süffisantem Unterton, grämte der sich wie üblich nicht lange, hatte die Hand auf die Sprechmuschel gelegt: „Die Müller!"

„Oh je!", entfuhr es Fischer.

„Ja ..., ja ..., ja, gut", mehr hatte er dem absichtlich lüstern dreinblickenden Kollegen jetzt nicht zu bieten.

„Verabredung?"

„Hm."

13

Im Empfang hatte heute morgen der gemütliche Johanntoberens Dienst. Freundlich begrüßte er die eintreffenden pflegerischen Mitarbeiter, die als erstes morgens aufstehen mussten, und die Nachtdienste ablösten. Rechts von sich hatte er schon mal die große Butterbrotsdose bereitgestellt. Die ihn da verdächtigten, er äße wegen seines großen Leibesumfanges alles in sich hinein, belehrte er eines anderen. Nur Butterbrote, mit verschiedenen Sorten Käse und Wurst, mussten es sein, betonte er mehrfach: „Aber davon ordentlich!", stand er völlig zu seinem guten Appetit und war auch sonst immer zu einem Scherz aufgelegt. Da konnte anrufen wer wollte, er ließ sich nicht aus der Ruhe bringen. Das schaffte nicht einmal der kleine, meist giftig, zumindestens mürrisch dreinblickende Verwaltungsleiter, der die im Empfang gerne mit Sonderaufgaben eindeckte, weil er ihnen die kleinen Ruhepausen zwischen den Anrufen und

Anmeldungen nicht gönnte. Ständig ließ er sich was Neues einfallen. Links von sich hatte Johanntoberens die Sachen für den Postboten aufgeschichtet. Das war ein ständig kleiner werdender Packen von unterschiedlich großen Briefen und seltener mal einem Paket oder Päckchen. Der Klinik ging es schlecht. Die Belegungszahlen nahmen beträchtlich ab. Sogar im Empfang sollte eine halbe Stelle eingespart werden, obwohl bei den Gehältern alle vollzeitbeschäftigt waren. Von der Hälfte konnte keiner leben.

„Dann müssen wir einen halbieren", meinte eine von den netten jungen Damen aus der Verwaltung, ging der Galgenhumor herum. Dabei sah sie ihn amüsiert abschätzend an. Klar, dass er wieder die Zielscheibe ihres Spottes werden musste: „Oder du nimmst halt etwas ab, das würde ja fast reichen."

„Ha, ha", gab er nur höhnisch zur Antwort.

Aber der Leibesumfang gehörte nicht zu den Kriterien, die für die Selektion der Mitarbeiter herangezogen wurden, die als erstes gehen mussten. Die Dauer der Betriebszugehörigkeit und Höhe der Unterhaltsverpflichtungen waren die wichtigsten Punkte, das hatte sich längst herumgesprochen und da sah es bei ihm nicht besonders günstig aus. Öfter meldeten sich besorgte Mitarbeiter telefonisch im benachbarten Personalbüro. War vielleicht die Steuerklasse mitentscheidend, sollte man die noch schnell ändern. Viele unsinnige Gerüchte waren inzwischen unterwegs, sorgten für ständige Unruhe. Wie sollte man da noch ein offenes Ohr für die Nöte der Patienten bewahren, wenn die Mitarbeiter nun selbst unter Existenzangst litten, beschwerten sich einige.

Andere wurden schon von den eigenen Kollegen ins Visier genommen, von denen man glaubte, es müsse sie als erstes treffen: „Du bist ja noch so jung, viel zu jung für die schwere Arbeit mit den Suchtkranken. Sagst ja ohnehin in den Gruppen nichts. Hast für niemanden zu Sorgen."

Die Angesprochene stand dann bleich herum, konnte sich kaum mehr auf ihre Arbeit konzentrieren. Dabei gehörten sie zu den zuverlässigsten KollegInnen, war immer sehr adrett, zuvorkommend und feierte nur selten krank.

„Wahrscheinlich muss ich mich damit abfinden, dass sie mich als erstes ansprechen", versuchte sie sich auf ihr drohendes Schicksal einzustellen und ließ sich kaum trösten. Für sie war die Arbeit und die Kollegen vielleicht noch wichtiger, denn sie hatte ja sonst nichts. Aber wenn die jetzt so mit ihr umgingen, konnte sie darauf auch verzichten.

Johanntoberens schauderte es bei dem Gedanken, wieder in seinen schweren handwerklichen Beruf zurückkehren zu müssen. Das hielten die Knochen nicht mehr lange durch. Und die Umstellung auf die jetzige Tätigkeit war auch nicht leicht gewesen. Die vornehmen Herrschaften, mit denen er manchmal zu tun hatte und das Reden, sich immer höflich und korrekt ausdrücken müssen. Zu irgendeinem Getue oder gar Buckeln ließ er sich trotzdem nicht hinreißen, blieb sich selbst treu und war deshalb schnell bei allen beliebt und anerkannt.

Fischer, obwohl er glaubte dies gar nicht nötig zu haben, hatte selbst in den letzten Nächten Alpträume. Der Klinikleiter begegnete ihm, und es stellten sich in diesem Augenblick starke Kreislaufstörungen ein und er träumte, dass er beinahe vor den Augen des Chefs zusammengebrochen sei, dem er bisher erfolgreich eine schwere Herzerkrankung verheimlicht hätte. Nun kam alles heraus und die Entlassung sei fällig gewesen. Er sprach mit keinem über diese Geschichte, schämte sich wegen dieser Ängste und fragte sich, ob es anderen ähnlich ginge.

Johanntoberens blickte jetzt öfter auf die Uhr. Erst nach dem Besuch des Postboten leistet er sich für gewöhnlich das erste Brot. Das verlangte er von sich, diese Disziplin. Aus den Lästereien: „Na, schon wieder Hunger?", denen sich auch der Postbote manchmal anschloss, wenn es mit der Zeiteinteilung mal nicht klappte, machte er sich nicht mehr allzuviel. Da hörte er schon das befreiende Tuckern des gelben Postautos und sah gleichzeitig dessen Schatten an der Eingangstür vorbeihuschen. Gleich war es soweit. Die anderen Autos parkten weiter vorne auf dem Besucher- oder Mitarbeiterparkplatz, so dass er sich kaum täuschen konnte. Es dauerte gewöhnlich nur wenige Minuten bis der Postbote mit vollbeladenen Armen und Händen in der Halle erschien, nachdem er sein Auto in einer kleinen Nische hinter der Eingangstür abgestellt hatte, die in erster Linie für Lieferanten vorbehalten war.

Der Pförtner wurde langsam unruhig, das konnte nicht nur an seinem wachsenden Appetit liegen, obwohl seine Augen schon mehrfach zwischen Uhr und Butterbrotsdose hin und her gewandert waren.

Mit den spöttischen Bemerkungen konnte er leben, so war das nicht. Wo blieb der denn bloß?

In der Eingangshalle war reges Treiben, die ersten Sozialarbeiter, Psychologen und Ärzte trudelten ein. Nur die Gestalt des hageren älteren Postbeamten war nicht darunter. Er machte schon viele Jahre diesen Dienst, fuhr mit seinem Auto einige größere Kunden an, leerte in der Klinik gleich den Postkasten, war nicht besonders gesprächig, wie die viele Westfalen in dieser Gegend. So ein trockener, geradliniger Typ war das, dem man ohne nachzudenken vertraute. Schon seit einigen Monaten gab es für ihn als Gesprächsthema fast nur noch die kommende Pensionierung. Zu tun habe er ja genug auf seinem kleinen Nebenerwerbshof. Da gab es außer ein paar Hühnern kein anderes Vieh mehr: „Bloß nicht!", wie er immer wieder betonte. Aber der große Garten, die Gebäude, alles in Schuß halten, das war genug Beschäftigung. Und endlich nicht mehr dieses frühe Aufstehen, auch seine Frau war das satt - würde das ein Leben. Die Wurst machten sie noch selber: „Na, was du da auf dem Brot hast!", konnte er sich einen kritischen Blick nicht verkneifen, obwohl bei ihm inzwischen das Schwein vom Nachbarn großgezogen wurde. Meistens noch ein paar kritische Bemerkungen darüber, dass alles schlimmer würde. Ja und die Renten, wenn das so weitergeht. Aber bei der Post gab es keine Schwierigkeiten, die wollten die letzten Beamten schnell loswerden. Und ob die anderen so verlässlich sind, bei den Gehältern, hatte der doch seine Zweifel. Viel Zeit blieb aber nie. Meistens gab es wegen Einschreiben oder Geldüberweisungen noch einige Unterschriften zu leisten und weg musste er wieder. Johanntoberens konnte sich nicht daran erinnern, dass einmal was gefehlt oder sonstwie nicht geklappt hätte. Er wunderte sich, wie der durch die verschiedenen Postsachen durchblickte, immer alles blitzschnell sortierte, ihm hinter dem Tresen alles so hinlegte, dass er sofort einen Überblick erhielt, wohin er die Sachen weiterleiten musste. „Hast du denn für mich wieder nichts dabei?", konnte er sich ab und zu ein Foppen nicht verkneifen. Aber selbst dafür zauberte der dann noch irgendeinen Prospekt aus seinen Taschen: „Hier kannst du mit deiner Frau mal hinfahren, tuste ihr mal was Gutes" oder „Kauf ihr doch mal was Schönes" oder „wer macht dir immer die ganzen Butterbrote?"

Jetzt spielte Johanntoberens schon mit dem Gedanken, mal nachzuschauen. Er erinnerte sich daran, dass es morgens schon an einigen Stellen glatt gewesen war, und der immer mit seinen vollbepackten Armen, dass man manchmal nicht mehr sein Gesicht sehen konnte, da würde doch nichts ... .

Da kam die Frau Dr. Müller in die Halle gestürmt, schreckensbleich, die Haare wild nach hinten aufgetürmt, dass der Pförtner entsetzt die Luft anhielt, sie mit offenem Mund anstarrte.

„Sie", der Name des Pförtners fiel ihr nicht ein, „rufen Sie sofort einen Rettungswagen, den Notarzt. Bin völlig durcheinander. Der Postbote liegt da hinter seinem Wagen. Es sieht nicht nach Herzinfarkt aus. Ich weiß nicht, was mit ihm los ist, ob er gestürzt ist."

Dem Pförtner zitterten die Hände, so etwas passierte in dieser Klinik nicht alltäglich, hier hatte man es nur selten mit einem akuten Notfall zu tun und schon gar nicht an der Pforte. Fast wie im Nebel wählte er die Notfallnummer, die ganz oben auf einer extra bereitliegenden Liste stand. In der Aufregung hätte er sie nicht mehr auswendig gewußt. Gott sei dank, dass er sie nicht erst suchen musste.

„Versuchen Sie noch einen der anderen Ärzte zu kriegen, den Diensthabenden, vielleicht ist der Chef schon im Hause!", eilte sie wieder hinaus.

Draußen standen inzwischen einige Mitarbeiter und Patienten, die vom Frühsport kamen um das Postauto herum. Der Wagen war neben einer halb hohen Mauer geparkt. Der kleine Parkraum war recht eng und der Körper des Boten lag eingekeilt zwischen Mauer und Auto, wobei die Beine etwa bis zu den Knien hinten herausragten. Der Kopf war von den umstehenden Leuten im Stehen nicht zu sehen und einige bückten sich wiederholt, um unter dem Auto hindurchzuschauen, festzustellen, ob sich was regte. Stetig bewegte sich so ein Teil der kleinen Menschenmenge auf und ab. Frau Müller hatte ihm ihren Parka unter den Kopf geschoben und ihn seitlich vom Auto weg gelagert. Sie stieg jetzt wieder, auf die Mauer gestützt, vorsichtig über den Körper zum Kopf vor, um ihn nochmals zu untersuchen. Kein Zweifel, der Mann war in einem schlechten Zustand, hatte sich möglicherweise eine schwere Kopfverletzung zugezogen, atmete röchelnd und unregelmäßig, die Pulsrate war alarmierend.

„Was machen Sie denn da?", wurde sie plötzlich von hinten angeherrscht. Der ärztliche Leiter stand da mit hochrotem Kopf, die Ader an seiner rechten Stirn pochte sichtbar. Seine dünnen Haare schienen sich wie Spieße aufzustellen: „So können Sie den Mann doch nicht versorgen!"

Frau Müller hatte plötzlich Tränen in den Augen, aber der kalte Blick ihres Vorgesetzten schien sie weiter zu durchbohren.

„Bleiben Sie da am Kopf, stützen Sie ihn vorsichtig, lassen Sie den Mantel doch darunter liegen!", schüttelte er unwirsch sein Haupt, als sie Anstalten machte, den zunächst zu entfernen. Er winkte dann ein paar Männer herbei und befahl ihnen, langsam und vorsichtig zu ziehen. Es war nur ein kleines Stückchen und der Mann lag im Freien. Frau Müller atmete tief aus und wischte sich mit einem Taschentuch die Tränen weg. Ihr Make-up verschmierte sich dabei und sie sah ganz verstört aus, dass einer von den Pflegern sie besorgt stützte: „Geht es wieder? Na ja, das kann einen ganz schön mitnehmen."

Noch während sich der leitende Arzt über den Mann beugte und mit dem Stethoskop den Brustraum abhorchte, kam endlich der Krankenwagen.

Drei Mann in weißen Kitteln sprangen heraus.

Der Chefarzt kommandierte: „Der Mann muss sofort ins Krankenhaus, Schädelverletzung, wahrscheinlich, Kreislauf äußerst labil, Lebensgefahr."

Für den Notarzt genügte ein Blick, um diese Vermutung zu teilen und in Sekundenschnelle war die Trage herbeigeschafft, der Mann wurde vorsichtig draufgelegt und in den Wagen geschoben.

Im Weggehen erkundigte sich der Notarzt bei Frau Müller, die direkt neben dem Verletzten stand, ihn nicht aus den Augen ließ, immer noch ganz angeschlagen wirkte: „Gehören Sie dazu, wissen Sie wie das passiert ist?"

„Ich habe ihn nur gefunden. Bin Ärztin hier. Er lag neben seinem Auto, ist möglicherweise gestürzt. Der Boden ist rutschig, Rauhreif, wenn nicht leicht gefroren", sagte sie heiser, mit fast tonloser Stimme.

Umstehende nickten, schabten und rutschten bestätigend mit den Füßen über den Boden: „Die Klinik liegt ja auf einer kleinen Anhöhe."

Das war den meisten noch gar nicht aufgefallen.

Mit Sirengeheul verließ das Krankenauto den Vorplatz der Klinik, auf dem sich inzwischen eine größere Menschenmenge angesammelt hatte.

14

„Gehen Sie bitte wieder an ihre Arbeit, zu ihren Therapien", schallte die Stimme des Chefs bedrohlich über die Köpfe der kleinen Versammlung hinweg.

Aber das Geschehene wollte erst mal verdaut sein: „Das dies gleich so schlimm ausgeht, so ein einfacher Sturz; bei unserer Bekannten ebenfalls, auf der Terrasse ausgerutscht - ein komplizierter Bruch -, mehrere Wochen im Krankenhaus gewesen. Da muss man doch verdammt aufpassen, gerade zu dieser Jahreszeit, wo man nie genau weiß, ob da nicht ... ."

Klaus Fischer war hinzugekommen, als gerade der Krankenwagen eintraf. Er bekam noch mit, wie sich der leitende Arzt und die Gabi Müller um den Verletzten kümmerten und blieb unauffällig in der Gruppe von Gaffern stehen, die ja niemanden behinderte. Er sah, dass man sich da nicht mehr einmischen musste, wunderte sich über das Verhalten von Gabi, die völlig ihre Fassung verloren hatte. Es war vielleicht damit zu erklären, dass die Ärzte in der Klinik seltener etwas mit solchen Unfällen zu tun hatten, obwohl auf der Aufnahme doch schon öfter mal jemand im Entzug wegkippte. Die Patienten beobachteten sehr genau, ob jemand in einer solchen Situation ruhig blieb, wenn das nicht zu Gerede führte. Sie hatte ja nun wirklich Probleme genug.

„Sagen Sie mal", wurde er plötzlich scharf angesprochen und aus seinen Gedanken gerissen. Und ohne Rücksicht auf die neugierigen Blicke der um sie Herumstehenden: „Was habe ich da von der Pflegedienstleitung gehört, dass Sie besondere Ereignisse aus ihrem Nachtdienst nicht dokumentiert haben und beschlagnahmte Gegenstände verschwunden sind? Wenn Sie meinen, Sie hätten da eine besondere Position, sich da nicht an die Vorschriften halten müssten. Es sind mir schon öfter Dinge zu Ohren gekommen. Ich erwarte ihren ausführlichen Bericht zu dieser Angelegenheit, eine vollständige Aufklärung. Bis spätestens Morgen früh liegt der auf meinem Schreibtisch."

Fischer schluckte nur hilflos. Sah verdattert auf den jetzt kühl wirkenden Chef, der noch nachsetzte: „Und übrigens, ihre ganze Dienstauffassung, darüber müssen wir uns mal gründlich unterhalten."

Er ging dann ohne eine Antwort abzuwarten mit raschen Schritten durch die Eingangstür: „Herr Johanntoberens, sorgen Sie dafür, das die Post reinkommt, die da überall draußen herumliegt und die Leute da verschwinden!"

Fischer war nicht der einzige in der Klinik, der sich immer wieder vorgenommen hatte, sich einen solchen Ton von dem Häberlein nicht gefallen zu lassen, aber nun genauso betroffen, hilflos und sprachlos reagierte wie die anderen, als er ihm nun überraschend gegenübertrat. Aber in einer solchen Situation, wo allen noch der Schreck wegen des Postboten in den Gliedern steckte, war da mit einer solchen Attacke zu rechnen?

Genauso erzählten es die anderen, wie unerwartet es sie getroffen hatte und trotzdem glaubte zunächst jeder, es könne ihm nicht passieren.

„Kommt doch lieber rein jetzt", war der Pförtner noch einmal herausgekommen und versuchte recht hilflos seinen Auftrag zu erfüllen. Er wusste aus seiner langjährigen beruflichen Erfahrung, dass er sich nicht einfach an der auf der Erde liegenden Post zu schaffen machen durfte. Deshalb hatte er schon beim Hauptpostamt angerufen und war um so erstaunter, als zunächst ein Polizeiauto mit hoher Geschwindigkeit heranbrauste.

„Da rührt niemand etwas an!", befahl einer der Beamten, als er den Pförtner vor den Postsachen stehen sah.

„In ein paar Minuten ist ein Experte von der Post da, der die Sachen untersucht."

Johanntoberens blickte den Polizisten erstaunt an, ließ dabei ratlos den Mund leicht offenstehen.

„Wer sagt uns denn, dass da nicht sonstwas passiert ist", sagte der Uniformierte mit drohendem Unterton. Möglicherweise hatte er eine größere Summe Geldes dabei und in der Klinik ist ja in letzter Zeit einiges vorgefallen. Wer sind Sie und wie ist Ihr Name?"

Bevor er sich äußern konnte, kam endlich der Verwaltungsleiter dazu: „Wurde aufgehalten, habe gerade jetzt erst von der Sache erfahren", stellte sich vor und auch der Pförtner hatte seine Sprache wiedergefunden.

„Ich bin im Empfang tätig, Johanntoberens", sagte er hastig. „Und, soviel ich weiß, hat ihn die Frau Dr. Müller gefunden und zunächst versorgt, während ich den Notarzt gerufen und das Postamt benachrichtigt habe."

„Halten Sie sich bitte bereit, dass der Vorgang genauestens protokolliert werden kann und sagen Sie auf jeden Fall schon einmal der Frau Müller Bescheid, dass wir auch ihre Aussage brauchen. Wissen Sie noch von weiteren Zeugen?"

„Nein, mir ist sonst nichts aufgefallen."

Vor der Tür hatten sich schon wieder einige Neugierige versammelt. Als nächstes hielt ein Wagen mit zwei Kripobeamten am Portal und kurze Zeit später kam ein gelbes Postauto hinzu.

„Das kann ja ein Raub gewesen sein", sagte plötzlich einer der gaffenden Patienten und damit war das böse Wort ausgesprochen, würde bald wie ein Lauffeuer durch die ganze Klinik gehen.

„Gerade erst vor ein paar Tagen hat man doch auf der Station 111 die Gruppenkasse aufgebrochen."

„Aber es fehlte doch nichts", protestierte einer. „Lag doch alles noch daneben."

„Na, jedenfalls war die Polizei da und wegen der Lebensmittelvergiftung vor ein paar Tagen doch ebenfalls."

„Das kann ja wirklich heiter werden, hier", jetzt ein anderer, „in was für einen Laden bin ich da bloß hineingeraten. Ich war doch von Anfang an skeptisch, ob das die richtige Klinik ist und dann noch das ...! Ist man denn hier seines Lebens nicht mehr sicher?"

15

Fischer ärgerte sich, dass er nicht pünktlich gegangen war, dann wäre ihm weder der Chef begegnet, noch hätte er von dem Unfall was mitbekommen. Erst verwickelte ihn der Fidi in dieses blöde Gespräch über das Mundwasser und dann rief Gabi an, um ihn zu überreden, noch kurz mit ihr zu frühstücken, sie hätte ihm was sehr Wichtiges zu sagen. Er bereute es schnell, sich darauf eingelassen zu haben, länger als irgend nötig, in der Klinik zu bleiben, zumal er morgens ohnehin kaum Appetit hatte.

„Komm doch kurz zu einer Tasse Kaffee vorbei, nur ein paar Minuten und ein halbes Brötchen kannst du auch mit essen", hatte er sich überreden lassen. Und so stand er dann eine ganze Weile vor ihrem Zimmer, bevor er auf das Unglück des Postbeamten aufmerksam wurde und hinging. Nach dem „Anpfiff" von Dr. Häberlein hatte er sie zunächst aus dem Auge verloren, fühlte sich dann aber verpflichtet, kurz bei ihr

vorbeizuschauen, weil ihn ihr Zustand doch beunruhigte.

„Fand ich ja wieder unmöglich, wie der dich da
vor allen Leuten angeschnauzt hat", empfing sie ihn
gleich, als er nach einem vorsichtigen Klopfen zur Tür
hineinkam. „Du kannst dir ja nicht vorstellen, wie der
mich in letzter Zeit belästigt hat, ständig ruft der an,
sogar zuhause, will sich mit mir verabreden. Und du
glaubst es gar nicht, was der zu mir gesagt hat. Einen
geilen ...", stockt, holt tief Luft, „Arsch hätte ich. Ich
sagte ihm, 'wir sind doch hier im Dienst'. Darauf er:
'Geiler Dienstarsch dann eben'. Kannst du dir das
vorstellen? Und betatschen wollte der mich dann
auch noch! Wie ist das möglich, dass dem keiner Ein-
halt gebietet? Gleichzeitig bauscht er kleinste Fehler
auf, ruft einen zu sich, dass man sich rechtfertigen
muss, um einen gefügig zu machen, für seine Späße."

„Aber", setzte Fischer nur zu einer Äußerung an,
wollte sagen, dass sie sich doch erst kürzlich von ihm
hatte zum Essen einladen lassen.

„Er will mit mir die Neuorganisation der Bäderabtei-
lung besprechen", hatte sie stolz verkündet und war
nachher ganz erstaunt, wie charmant der doch sein
könne. Der Höhepunkt ihrer Erzählung war noch, dass

sie nach dem Restaurantbesuch noch mehrere Bars aufgesucht hatten, sie sich köstlich amüsiert fühlte und hinterher ganz von ihm eingenommen war: „Wusste gar nicht, dass es hier solche Nachtbars gibt!"

Er hatte lieber nicht gefragt, wie der Abend denn zu Ende gegangen sei, so sehr stieß ihn ihre Erzählung ab.

„Dann gehörst du jetzt ja zu seinem engeren Zirkel vertrauter Mitarbeiterinnen", hatte er nur spöttisch erwidert, kannte diese Storys genügend von anderen Frauen, die zu Besprechungen in Restaurants und Hotels eingeladen wurden."

„Als ich gestern von dir wegfuhr", sagte sie dann, war ich fest entschlossen, den Kram hier hinzuschmeißen. Das schaffe ich einfach nicht mehr, den Ärger zu Hause und dann noch das hier. Die Kündigung hatte ich schon geschrieben und dir wollte ich es als erstes sagen. Wenn bloß unsere Schulden nicht wären. Ich kann mir ja gar nicht leisten, die Arbeit zu verlieren. Im Moment sieht das auch bei Ärzten alles andere als rosig aus, habe ich mir dann aber gedacht. Vor allem hier am Ort was Neues zu finden, ist doch fast unmöglich und wieder umziehen? Was das wieder kostet! Nein, bei unseren Schulden, das hat mich dann doch von diesem Entschluss abgebracht", sagte sie und konnte ihr Weinen nicht mehr unterdrücken.

„Du, ich weiß nicht wie ich dir helfen kann. Ich dachte, ihr hättet euch gut verstanden, neulich Abend", konnte er es sich dann doch nicht verkneifen, auf diese Widersprüche hinzuweisen.

Mit verzweifelten, finsteren Blicken sah sie ihn an. Dann sprang sie plötzlich auf, griff ihre Handtasche: „Mir reicht es! Ich gehe zum Arzt, lasse mich krankschreiben", rennt hinaus und lässt ihn verdutzt in ihrem Zimmer sitzen.

„Das war's!" denkt er. „Die soll selbst sehen, wie sie mit ihrem Kram klarkommt! Da mische ich nicht mehr mit!" Er schaut im Zimmer nach dem Rechten. Die Kaffeemaschine ist aus und die Brötchentüte liegt ungeöffnet da.

Nachdem sie ihr Büro verlassen hat, durchquert Dr. Gabi Müller mit raschen Schritten die Eingangshalle.

„Die Polizei möchte Sie noch sprechen. Sie sollten sich bereithalten...", versucht Johanntoberens sie zu stoppen, der gerade vom Verwaltungsleiter telefonisch den Auftrag erhalten hat, es ihr zu sagen.

Sie hat schon die Eingangstür in der Hand: „Ich melde mich krank, habe Fieber, bin für niemanden mehr zu sprechen", stößt sie kurz angebunden hervor und ist verschwunden.

Der Pförtner schüttelt verzweifelt den Kopf. Was ist heute bloß los? Er atmet tief aus, sieht auf die Uhr und stellt betrübt fest, dass es noch gut drei Stunden sind, bis er abgelöst wird. Der ganze Proviant steht noch unberührt neben ihm. Er kann sich nicht daran erinnern, wann er das letzte Mal die Brote unberührt wieder mit nach Hause genommen hätte, aber der Appetit ist ihm heute morgen gründlich vergangen.

Er nimmt den Hörer auf: „Die Frau Müller hat sich krank gemeldet, ist nach Hause gegangen."

Nach einer kurzen Pause, folgt dann nur ein kurzes: „Na gut, kann man nichts machen." Dass er sie noch zurückzuhalten versucht hat, verschweigt er. Was geht das die an? Mit der Obrigkeit hat er es nicht.

16

Im Dienstzimmer halten sich inzwischen die zwei Kripobeamten, ein Inspektor von der Post, sowie der Verwaltungschef, der ärztliche Leiter und sogar die Pflegedienstleiterin Koslowski auf.

„Wir müssen selbstverständlich prüfen, ob Fremdeinwirkung im Spiel ist", hatte einer der Polizeibeamten die gesamte Klinikleitung alarmiert und noch hinzugefügt, dass es ja in letzter Zeit häufiger zu Auffälligkeiten in der Klinik gekommen sei, bei der die Polizei eingeschaltet worden war.

Schnell hat der Postbeamte festgestellt, dass die Geldtasche, eine kleine schwarze Plastikmappe mit Reißverschluß, nicht verschwunden und offensichtlich nicht geöffnet und berührt war.

„Das kann ich später noch genauer überprüfen, aber zu fehlen scheint da nichts."

Auf der einen Seite des Tisches liegen fünf Pakete bzw. Päckchen größeren Umfangs, dann kommen drei Packen mit verschiedenen Briefgrößen, einige Zeitungen, versucht sich der Mann eine Überblick zu verschaffen.

„Es ist keine fremde Post dabei. Alles gehört zur Klinik.", stellt er dann fest. „Wie hat der das nur auf einmal getragen?", schüttelt er zwischendurch erstaunt den Kopf.

„Für die meisten Sachen gibt es ja keine Belege, so dass wir nur hoffen können, dass hier nichts weggekommen ist", runzelt er die Stirn.

Gründlich geht er noch einmal alle Unterlagen und Aufzeichnungen des Postbeamten durch und schüttelt wieder irritiert den Kopf und prüft die vor ihm liegenden sortierten Sendungen mit schnellen Handbewegungen nochmals.

Der Mann ist kein Theoretiker. Bevor er sich darauf spezialisiert hat, Reklamationen und Verluste von Sendungen aufzuklären, hat er jahrelang selbst Briefe ausgetragen, war dann im Innendienst, hat die unterschiedlichsten Abteilungen durchlaufen, ist mit allen Wassern gewaschen und für seine gute Spürnase bekannt. Seine hervorragende Aufklärungsarbeit von vermissten, fehlgeleiteten Sendungen hat ihm die Inspektorenlaufbahn eingebracht, die ihm von seiner Ausbildung her nicht ohne weiteres offengestanden hätte. Bei Anfängern im Zustellerdienst passiert es öfter, dass sie den Überblick verlieren, meinen, es fehle was, und dann zaubert er die Sachen wieder hervor, die nur irgendwie verrutscht, zwischen andere Sendungen geraten sind.

„Da fehlen ganz klar zwei Einschreiben", sagt er plötzlich knapp.

17

Es sind nicht die Ereignisse, sondern die Gerüchte, die sich nun in der Klinik überschlagen. Da suchen einige schon früher als gewohnt, in der alten Spinnerei das Gespräch.

„Hast du denn keinen Dienst?", empfängt der Fischer den jungen Pagel, der mit seinem schlacksigen Schritt in den Kneipenraum kommt.

Der mit freundlich sanftem und gleichzeitig triumphierendem Lächeln: „Stundenrückgabe!", mehr ist ihm diese Frage nach der Arbeit nicht wert. Hatte sich unter dem Ersatzdienst in einer Klinik mehr vorgestellt, als diese Aushilfe beim Empfang, mal beim Hausmeister einspringen und Stunden im Spätdienst abdrücken. Schnell kam dabei aber ein großer Pakken überzähliger Stunden heraus und er sammelte sie, füllte dann ein Formular aus, das der Verwaltungsleiter unterschreiben musste, um dann ein paar Tage am Stück dafür frei zu machen. War es eher Zufall, dass er sich den Dienstzeiten von Fischer anzupassen suchte, vor allem dann die ausgedehnten Kneipenbesuche mit ihm genoss, wenn der nicht in den Nachtdienst musste.

Die junge Dame hinter der Theke punkartig, mit hellblond, lila gefärbten Haaren, gepiercte Nase, Tatoo auf dem rechten Schulterblatt, fragt sie freundlich nach ihren Wünschen. Fischer hat sich schon öfter gefragt, wie die Welt von der anderen Seite der Theke aussehen mochte. Sie trägt sehr enge T-Shirts und die hautnah anliegende Jeans zeichnet einen schlanken weiblichen Körper ab, obwohl sie mit ihren kurzen abstehenden Haaren einen jungenhaften Eindruck macht. Sie ist nie übertrieben freundlich, behält bei dem größten Ansturm die Ruhe und verschenkt seltener ein kurzes freundliches Lächeln. Die beiden stellten schon einmal erstaunt fest, dass Fischer meistens zwei Plätzchen zu seinem Kaffee bekommt. Allerdings legen sie keinen großen Wert auf diese kleinen süßen Dinger, und es ist ihr nur schwer anzusehen, ob es nicht vielleicht Zufall ist, wäre nicht manchmal dieses nur ganz kurz aufflackernde Sympathie ausstrahlende Lächeln, das den so Beschenkten trifft. Bei den Gesprächen mischt sie sich nicht ein, ergreift bei Auseinandersetzungen keine Partei, versteht es durch interessierte Blicke, mal ein fragendes „ja?" jedem das Gefühl zu geben, er habe recht. Selten sagt sie einmal mehr. Es ist gut für die Atmosphäre, denkt Fischer, wenn sie da ist. Mal versucht er sich vorzustellen, wie sie sich verhält, wenn sie Zuhause den Haushalt macht, für Mann und Kinder sorgt. Aber wahrscheinlich hat sie nur das hier in der Kneipe und viele, die hier regelmäßig die Abende, Nächte verbringen, haben nur sie. Zu den späten Abendstunden wanderten ständig behutsame, nur selten aufdringliche, begehrliche Blicke über ihren weiblichen Körper und tiefergehende Beziehungen hatten viele nicht. Ob sie das merkte und dies auch ein Teil von ihr war?

Als sie beiden ein frisch gezapftes Bier hinstellte, fragte sie: „Eine Bohnensuppe?", und zeigte ihnen dabei sogar lächelnd die Zähne.

„Vielleicht etwas später", antwortete einer höflich.

Sie kannte die Gepflogenheiten der Gäste. Es war inzwischen ein richtiges Ritual, dass sie ihre warme

Mahlzeit hier einnahmen. Die Speisekarte war nicht gerade üppig; aber die Preise durchaus zivil. Dieser Betrieb musste keine Gewinne abwerfen, war eine Einrichtung der Bürger, gehörte einer Betriebsgesellschaft der Stadt, die froh war, wenn sie nicht allzu viel zuschießen musste. Die verschiedensten kulturellen Veranstaltungen fanden hier statt. Mehr oder weniger zufällig schlossen sie sich mal diesem Programm an, wenn die Eintrittspreise nicht zu hoch waren oder sie bestaunten einfach das Publikum und diskutierten nicht selten eifrig, was sich hinter dem Thema einer Aufführung verbarg und waren so manchmal intensiver beteiligt als die eigentlichen Besucher.

Ein Hauptthema, alles andere überschattend, war die Arbeitslosigkeit. Mehrere Selbsthilfegruppen hatten sich gegründet, sich nicht etwa im freudigen Nichtstun zu unterstützen, sondern um das Leid besser ertragen zu können, nicht mehr dazuzugehören, zu nichts mehr nütze zu sein. Wenigstens diese Initiative blieb ihnen und einige kannten sich inzwischen so gut in der Politik aus, dass sie manchen Volksvertreter in den Schatten gestellt hätten. Arbeit war ein kostbares Gut, das man sich nicht einfach nehmen konnte. Das ganze Umsehen, Nachfragen half nichts. Sie lag nicht so sichtbar herum. Einfach so mit anpacken war nicht drin. Als ob man sie eingesperrt oder in Sicherheit gebracht hätte, fand sie hinter hohen Mauern versteckt statt, war niemand froh, wenn jemand helfen wollte. Die mussten schwere Prüfungen bestehen, viel bieten, die ein Ticket für die Teilnahme dafür bekamen, wie bei einer Olympiade, einer Arbeitsolympiade. Nicht etwa, dass man froh war, die Vorratsspeicher ohne viel Mühe gefüllt zu haben und für alle mehr als genug da war, satt zu werden. Der Zugang zu den reichen Erträgen stand immer wenigeren offen. Aktien müsste man haben meinte einer, daran verdiente man sich im Moment dumm und dusselig. Aber bei den meisten reichte es nicht mal für das Notwendigste, geschweige denn für Wertpapiere. Na, ja, das war erst einmal vorbei, dass die Vergesellschaftung der Produktionsmittel zur Debatte stand. Das hatten diese 'Oberkasper' da im Osten den Leuten gründlich versaut. Nun hieß es Wettbewerb total, koste es was es wolle. Einer träumte von einer 'Volksaktie', mit der jeder an den Produkten der Arbeit seiner Vorfahren beteiligt sei und seine Grundbedürfnisse im Leben einigermaßen würdevoll bestreiten könne.

Besonders betroffen von der Arbeitslosigkeit waren die psychisch Kranken, die in dieser Stadt durch ein beispielloses Modellprojekt gefördert, aus dem trostlosen Sein der stationären psychiatrischen Langzeitbehandlung befreit waren und wieder überall in der Stadt mitten unter den Menschen lebten, aber leider oft nicht mit ihnen arbeiten durften.

Hier in diesem Szenetreff waren mal kleinere Aufgaben zu übernehmen, wurde ein Aushilfskellner gesucht, wenn der Ansturm wieder einmal das ohnehin nicht klein geratene rot verklinkerte ehemalige Fabrikgebäude zu sprengen drohte, und die Aufräumarbeiten danach anstanden. Nach und nach wurden noch stillgelegte Teile davon, neuerdings das Kesselhaus, renoviert und schnell von neuen Initiativen in Beschlag genommen. Versonnene ältere Schachspieler, aber auch, einige Tische weiter, unter großem Radau einen Skat dreschende, meist eher jugendliche Besucher oder nur diskutierende Grübler, füllten die von dem Staub der inzwischen Jahrzehnte zurückliegenden Spinnarbeiten befreiten spärlich möblierten, schlicht gestalteten Räume.

Im flackernden Kerzenschein kam Kreativität auf, sogar Solidarität, die in der Gesellschaft draußen immer mehr auf dem Rückzug war und manchmal Wärme. Selbst in dem größten Gedränge zu attraktiven Musikveranstaltungen zeigte sich selten Rücksichtslosigkeit, bewahrten die helleren Köpfe Ruhe und Gutmütigkeit, ließen sie dem anderen lieber den Vortritt als jemanden anzurempeln. Es schienen mehrere darunter zu sein, die in der Konkurrenz, dem Siegen allein, nicht das Heil sahen, auf der Suche nach anderen Wegen waren, die heute mehr denn je im Dunkeln lagen.

Aber vielleicht gerade hier, könnte jemand eine Antwort finden, neue Inspiration und Hoffnung aufblühen, wo alles noch nicht so fertig, glatt, steril und durchgestylt ist, noch freie Flächen an den Wänden und in der Gestaltung des Programms vorhanden sind.

Gerade die, die im alltäglichen Überlebenskampf nicht so widerstandsfähig sind, füllen hier wichtige Funktionen aus, überbrücken die zunehmende Sprachlosigkeit und Beziehungsunfähigkeit unter den Menschen.

18

„Seid ihr auch zu der AG Arbeitslosenselbsthilfe da?",
werden Jörg Pagel und Klaus Fischer von Hubert angesprochen, der in einer der neuen Wohngemein-
schaften für ehemalige psychiatrische Langzeitpati-
enten lebt und einer von denen ist, die hier alles zu-
sammenhalten.

Beide schauen sich erstaunt an. Sitzen sie hier
falsch, sind sie aus Versehen in ein verabredetes
Treffen geraten? Die Grenzen sind hier fließender.
Wer ist Unbeteiligter, Experte oder Betroffener? Was
ist heute, was morgen? Ihre Unsicherheit schreckt
Hubert nicht ab, scheint ihn sogar zu amüsieren. Sein
Lächeln bleibt offen und überhaupt, vielleicht sucht
er nur einen Gesprächspartner, dämmert es ihnen.

„Nicht direkt. Ich weiß nicht, ob die sich heute
woanders treffen", sagt Jörg etwas umständlich und
sieht sich dabei hilfesuchend um.

„Ist das ein offener Gesprächskreis?", lässt der andere aber nicht locker, setzt sich und ist so leicht nicht
abzuwimmeln.

Während Jörg etwas angestrengt die Lippen zu-
sammenkneift, offensichtlich über diese Frage erst

einmal nachdenken muss, dabei leicht verlegen auf das abgegriffene Buch schaut, das er mehr zufällig in der Hand hält und das vielleicht mit Anlass zu diesem Missverständnis gegeben hat, lächelt Klaus jetzt interessiert zurück.

„Ja, wir sind ein offener Kreis. Jeder der Lust hat, kann bei uns mitdiskutieren, wenn wir an diesem Tisch sitzen."

Schützend hält Jörg, bei soviel Wagemut, das Buch vor sich. Ihm ist die offizielle Rolle, die ihr ungezwungener Cafébesuch nun bekommen soll, doch nicht ganz geheuer. Aber er könnte schon was in einen solchen Kreis einbringen. Ein paar Stellen gebe es in seinem Buch, die sich gut eignen würden.

„Gibt es denn bestimmte Themen oder Regeln?", ist Hubert jetzt richtig neugierig geworden. Es ist ihm schon öfter aufgefallen, wie intensiv sich die beiden unterhielten und oft kamen dann andere dazu, bildete sich ein richtiges Grüppchen und manche guckten schon einmal neidisch, wenn die Gespräche kein Ende fanden, die Abende zu Nächten wurden und die Morgen dämmerten, ohne dass sie sich trennten. Fischer krauste die Stirn, war er zu weit gegangen? Keineswegs wollte er Hubert verletzen.

„Weißt du, die Gespräche entstehen meist so ganz spontan, jenachdem, was gerade so los ist, hier, auf der Arbeit oder sonstwo. So ganz nach Lust und Laune, ohne jeden Druck und Zwang. Es ist nicht wichtig, ob ein Ergebnis dabei herauskommt. Das Gespräch an sich, die Unterhaltung, der Spass, ist das Entscheidende." Dann stockt er: „Man sollte aber dem anderen nicht widersprechen."

Die Zuhörer sehen ihn erstaunt an.

„Diese übliche Besserwisserei, den anderen ständig erziehen und belehren wollen, das ist ganz unerwünscht. Statt dessen sollte man zunächst nach Übereinstimmungen suchen, und wenn man anderer Meinung ist, kann man sie so ausdrücken, dass sie nicht völlig konträr zu der des anderen steht. Wenn die Teilnehmer mit einer Aussage überhaupt nichts anfangen können, schweigen sie lieber. Die Wertschätzung und der Respekt vor allem was gesagt wird, stehen im Mittelpunkt. Dieses übliche Gezänk und die ständige Rechthaberei, die törnen uns völlig ab. Es soll ein Freiraum sein, in dem nach Übereinstimmung, nicht nach Gegensätzen gesucht wird."

Öfter hatte von der Theke aus schon jemand nach Hubert gerufen, der gespannt zuhörte. In seiner

Wohngruppe war heute Abend Stuhlkreis und denen wollte er was erzählen. Die machten einem Vorwürfe, wenn man gute Vorsätze äußerte, wie zum Beispiel neue Leute kennenlernen, in Initiativen mitzumachen, ohne sie in die Tat umzusetzen. „Und was hast du bisher dafür getan?", hieß es dann oft.

„Hubert, kannst du vielleicht mal ...", schalte es erneut herüber und der erinnerte sich an seine Pflichten, dass er beim Ausschank helfen wollte, wenn Not am Mann war.

„Tut mir leid. Ich muss gehen. Auf jeden Fall mache ich da mit, bei euch. Tschüs."

„Was du über den Gesprächskreis gesagt hast, so unterhalten wir uns eigentlich immer, wenn ich recht überlege", sagt Jörg zu seinem Kollegen.

Der lächelt nur. „Du, ich habe Hunger. Ich habe heute noch nichts Anständiges gegessen."

19

Unter den verschiedenen Angeboten der Speisekarte: Heißwürstchen, Pizza, unterschiedlich belegte Baguettes, Suppen, hatten sie sich nach einer längeren

Diskussion für „feuriger mexikanischer Bohneneintopf"
entschieden und blieben dabei. In irgendeiner Zeitung hatte ein Artikel gestanden, dass ein Einsiedler,
der sich hoch im Norden Skandinaviens vor der Welt
zurückgezogen hatte, sich ausschließlich von Hülsen-
früchten ernährte und das für eine hervorragend
ausgewogene Ernährung hielt. Dosenweise hatte er
seine Lebensmittelvorräte um sich aufgeschichtet
und gemeinsam mit einer umfangreichen Debatte
über Umwelt-, Welternährungsprobleme und politi-
sche Großwetterlage hatte dies letztlich den Aus-
schlag für ihre Wahl und die Konstanz ihrer Eßge-
wohnheiten gegeben. Hinzu kam, dass die Medien
voll waren mit Fleischskandalen und sich in ihren Krei-
sen allmählich die Meinung durchsetzte, auf tierische
Produkte ganz zu verzichten.

„Warte mal noch eine Zeit ab", sagte Pagel, der
einer der Vorreiter war, „dann werden die Leute aus-
gebuht, die hier noch Würstchen oder das Baguette
mit dem gekochten Schinken bestellen."

„Möglicherweise gibt es eine genetisch vorbe-
stimmte Entwicklung zu mehr Humanität, Gleichheit,
in die nicht nur die Menschen, sondern zukünftig

auch die Tiere stärker einbezogen werden", meinte er noch.

Britta stellt die dampfende Bohnensuppe vor sie ab. Unauffällig sieht sie zu Fischer hin, der sich die neun Mark für beide Gerichte meist auf seinen Dekkel schreiben lässt, weil Pagels finanzielle Möglichkeiten erheblich geringer sind als seine. Er hatte sich angewöhnt, ab und zu in die Geldbörse seines jungen Freundes zu schielen und hat inzwischen einen ganz guten Überblick darüber gewonnen, was der sich zu welchem Zeitpunkt des Monats noch leisten kann. Ein kurzer Wink mit dem Kopf zu seinem Deckel reicht und ohne Aufhebens notiert sie den Betrag bei ihm. Die Gesellschaft des jungen Freundes ist es ihm wert. Nach zwei, drei Bier steigen sie meistens auf harmlosere Getränke um, selbst wenn sie die ganze Nacht „durchmachen", wird es kaum mehr.

„Es gibt doch nichts Dümmeres, als sich damit vollaufen zu lassen", wundern sie sich über Leute, die um Mitternacht nur noch in ihr Glas starren und vor sich hin lallen konnten.

In der Kneipe wird es um zehn, halb elf, allmählich proppevoll. Die beiden drehen sich öfter irritiert um:

„Was ist denn los hier heute? Das wird ja immer schlimmer mit dem Gedränge."

„Da hinten stehen mehrere Leute aus unserer Sporttherapie."

Dann schiebt sich Fidi in seinem neuen feuerroten Anorak, durch die Menge auf sie zu. Die Jacke eine von der Sorte, die nur in besonderen Geschäftsfilialen zu kaufen sind, und wenn man der Reklame der Firma glauben kann, rüsten die nun Land auf, Land ab jeden zur Himalaja- oder Nordpolexpedition aus.

„Den erkennt man schon blind von weitem an seinem Japsen, Raucherhusten und schwerem nach Luft schnappen", kann Klaus das Lästern nicht lassen.

„Hat aber zum x-ten Mal den Versuch geschmissen, sich die Glimmstengel abzugewöhnen."

Wie fast immer nervös und hektisch schaut er fast durch sie hindurch und streicht üblicherweise seinen dünnen Haarkranz mit beiden Händen zurecht.

„Hallo, brauche erst mal ein Bier!"

„Lass man langsam gehen, Fidi, sonst ...!" verschluckt Fischer den Rest.

„Du hast es gut", verteidigt der sich, „musste bereits beide Kinder ins Bett bringen", ist er stolz geplagter Vater und brüstet sich immer damit, wie eifrig er im Haushalt mit anpackt.

„Bist du das alles erledigt hast, Badezimmer aufwischen und so weiter. So wie ihr möchte ich leben, keine Verantwortung, keine Verpflichtungen", atmet er noch einmal kräftig durch und genießt dann den ersten Schluck Bier.

Jetzt klingelt es bei ihnen, wissen sie, warum so viele Kollegen, auch ältere, hier heute auftauchen.

„Ist wohl Greisentanz?", kann es sich Jörg nicht verkneifen.

„Ach ja, der erste Freitag im Monat. Alles klar!"

„Demnächst sogar alle vierzehn Tage!"

„Genau, ab einundzwanzig! Darfst du denn schon rein? Hast du denn deinen Ausweis dabei?", gibt Fidi dem jungen Kollegen zur Antwort, steht ihm in der Schlagfertigkeit in nichts nach.

„Seid ihr nicht deshalb hier, mal richtig einen abrocken?"

„Bei dem Chaos und Trubel in der Klinik hat man das wirklich nötig, ist ja die halbe Mitarbeiterschaft hier heute", ist inzwischen sogar die Großekathöfer zu ihnen gestoßen.

Wie immer trägt sie eine frisch gewaschene weiße Bluse, selten mal was anderes und wie die meisten hier, verwaschene Jeans dazu. Das täglich gleiche schwarze paar Schuhe hat sie dazu an, nichts Modisches oder gar Feminines, aber alles blitzblank. Fischer wundert sich öfter darüber, dass es Zeiten gibt, wo sie ihn nicht anschauen kann. Er weiß, dass sie hinter seinem Rücken über ihn redet, an seinem Dienst herummäkelt. Trotzdem sammelt sie Unterschriften für amnesty international. Er hat sie ihr noch nicht verweigert, wüsste aber nicht, wie er ihre Sympathie gewinnen könnte - ist ihm auch ziemlich egal.

„War ja doch ein ziemliches Ding heute morgen!"

„Der Postbote liegt bewusstlos im Krankenhaus, hat angeblich einen Schädelbasisbruch. Das hat der Johanntoberens von dessen Frau erfahren."

„Ist ja schließlich bei uns auf dem Klinikgelände passiert, da mussten wir uns doch erkundigen, ob wir da nicht was tun müssen", ergänzt die Großekathöfer.

„Sie weiß immer am besten Bescheid", denkt Fischer, „vergißt keinen Geburtstag, kümmert sich um alles. Die Klinik mit ihren Mitarbeitern ist ihre Familie, sogar deren Angehörige und alle die irgendwie damit zu tun haben, lässt sie nicht aus, gehören zu ihrer Welt."

„Die Müller sah ja übel aus."

„Das hätte mir genauso passieren können. Stell dir mal vor, du kommst in die Klinik und dann liegt da einer schwer verletzt."

„Kannte sie den denn?"

„Deshalb muss man doch nicht jemanden kennen, hat ihn doch bestimmt öfter mal gesehen, wenn er die Post brachte", wird die Sozialarbeiterin richtig ärgerlich.

„Die zwei Briefe die da fehlen sollen?"

„Ist richtig unheimlich die Sache!"

„Einer soll an die Klinik, einer an einen Patienten gerichtet gewesen sein."

„Woher sollen sie das denn wissen?"

„Ich habe das ganz anders gehört, dass nämlich weder Empfänger noch Absender bekannt sind."

„Da wird bei den Einschreiben wohl nur eine Nummer registriert, der Empfänger steht ja auf dem Briefumschlag."

„Wer weiß, ob es überhaupt stimmt, dass da Briefe fehlen?"

„Jedenfalls ist eine riesige Unruhe unter den Patienten, dass vielleicht doch ein Verbrechen dahinter steckt."

„Was kriegen die denn für Einschreiben?"

„Oh, da kommen öfter Vorladungen vom Gericht, Zahlungsbefehle, jede Menge solcher Sachen."

„Aber was sollte es nützen, wenn zum Beispiel jemand so einen Brief abfängt. Das Gericht würde doch sofort reagieren, wenn jemand zu einer Verhandlung nicht erscheint."

„So würde die Post vielleicht erfahren, wer der Absender ist und für wen der Brief gedacht war, wenn die sich melden und anfragen, ob ordnungsgemäß zugestellt wurde. Es werden doch sogar Strafen ausgesprochen, wenn diese Termine nicht eingehalten werden."

„So ließe sich die Sache schnell aufklären."

„Der Postbote brauchte doch nur aufzuwachen", kann Fidi nicht mehr an sich halten, „dann wird sich der ganze Verdacht wahrscheinlich in Luft auflösen. Wer weiß, was es mit den beiden Einschreiben auf sich hat - ist vielleicht längst erledigt."

„Hoffentlich walzen die das nicht in der Zeitung aus, bei den Belegungsproblemen im Moment - fehlt uns wirklich noch!"

„Wir sollten wieder dazu übergehen", hat Fidi das Kommando übernommen, „dass jeder eine Mark bezahlt, der über die Klinik spricht."

„Dafür bin ich auch nicht hergekommen", pflichtet die Großekathöfer ihm eifrig bei.

„Kommt ihr mit rein?", werden Klaus und Jörg aufgefordert, sich mit in die große Halle zu begeben, in der längst das „Abzappeln" begonnen hat.

Eine lange Schlange hat sich vor dem Eingang gebildet. Jörg schaut kritisch aber ohne jedes Pathos in seine Börse: „Der Fünfer haut gerade noch hin."

„Lass mal!", melden sich gleich mehrere.

„Du hast doch das meiste"!, wird die Großekathöfer von Fidi angestachelt.

Die schaut aber misstrauisch auf Klaus Fischer, mit dem sie sich als einzigem siezt: „Bei dem weißt du das nicht genau!"

20

Die Mitarbeiter aus der Klinik treffen sich meistens in der linken Ecke des großen Tanzsaals um einen großen Stehtisch herum. Farbige Blitze schießen durch den Raum, ab und zu taucht die ganze Halle plötzlich in übertaghelles grell gelbes Licht, macht die Gesichter leichenblass. Falten, Pickel, kleine Runzeln werden überdeutlich sichtbar. Bloß dieses fürchterliche Licht aus! So realistisch will es hier niemand. Der Mann hat die Anlage wohl noch nicht voll im Griff. Aber die Verstärker geben schon ihr letztes, harte rhythmische Klänge verscheuchen die trüben Gedanken. Leicht schwingt man schon mit, lässt sich treiben auf der Woge von nun weichen schummerig bunten Lichtstrahlen und Musik.

„Was sagst du?" Jedes Wort muss nun laut zum Ohr geschrien werden.

„Ein Bier mitbringen?"

„Lass mal langsam gehen, Fidi, die Nacht ist noch lang!"

Die Mutigsten bewegen sich in der Mitte der Tanzfläche, drehen sich um sich selbst, nur selten ist ein Paar zu erkennen. Jeder tanzt für sich. Manche schauen nicht einmal dabei auf, haben sich ganz hinter einem Vorhang aus langen Haaren verborgen oder die Augen geschlossen. Und jeder bestimmt sein eigenes Tempo, ist in seiner eigenen Welt versunken.

„Das ist noch nicht meine Musik", wartet der größte Teil noch ab, bis dann plötzlich alle auf einmal auf die Tanzfläche stürmen, der Bewegungsspielraum eng wird.

„Ich glaube ich traue mich heute überhaupt nicht", sucht Fischer das Ohr der kleinen Krankenschwester, die sich mit ihm im Nachtdienst abwechselt. Dabei kitzeln ihre Haare angenehm in seiner Nase. Diese Kommunikation hat auch was für sich.

„Sag mal, bist du größer geworden?", hängt er noch an.

Sie ist eine angenehme Gesprächspartnerin, geht auf jeden Scherz ein, hat trotz ihres jungen Alters eine sehr weiblich erwachsene, wenn nicht mütterliche Ausstrahlung.

„Liegt wahrscheinlich an meinen Schuhen", blickt sie amüsiert auf ihr neues riesiges, klobiges, mit mindestens zehn Zentimeter hohen Absätzen versehenes Schuhwerk hinunter. Er hat den richtigen Ton getroffen.

„Warte", lauscht sie auf den nächsten Musikeinsatz und zieht ihn dann ohne viel Federlesen hinter sich her.

Die ersten Schritte empfindet er als furchtbar, kommt sich linkisch und unbeholfen dabei vor. Es ist, als ob der Tanz in einen völlig anderen Zustand versetzt, aber dazu ist ein geheimnisvolles Tor zu durchschreiten und er denkt daran, dass sich schon Urvölker so in Trance versetzt haben. Vielleicht die älteste und einfachste Droge überhaupt, das Bewusstsein zu verändern. So schwer die ersten paar Minuten sind, um so schwerer fällt es ihm, wieder aufzuhören, überhaupt eine Pause zu machen. Er achtet darauf, niemandem zu nahe zu kommen, bewegt sich am liebsten so, dass sich dabei mehrere vibrierend zuckende Frauenkörper vor seinen schmalen Augenschlitzen hin und her bewegen und abwechselnd lässt er sich von der Lichtanlage blenden, verschließt dann für kurze Zeit die Augen und beginnt wieder von vorne.

Befinden sich zu viele Männer um ihn herum, löst dass eher Unwohlsein in ihm aus und er versucht die Position zu wechseln.

Rechts neben ihm macht Fidi seine hohen Sprünge, hat schon nach kurzer Zeit Schweißperlen auf der Stirn.

„Wie willst du das denn durchhalten, so?", ruft er lästernd zu ihm rüber.

„Du bewegst dich ja kaum, das kann ich auch!", gibt der zur Antwort.

Bei aufflammender Sympathie tanzt man sich schon einmal näher an jemanden heran, stimmt die Bewegungen etwas aufeinander ab. Sich gegenseitig kurze Blicke dabei zuzuwerfen ist schon etwas ganz besonderes. Mit der Zeit kristallisieren sich so unverbindliche Kontakte heraus, manchmal spannende Begegnungen, ob sie sich wohl heute wieder nähert, irgendein Interesse zu erkennen gibt? Es war eine Kommunikation ohne Worte. Ob es mal welche schafften, sich so kennenzulernen, jemanden anzusprechen, zu einem Getränk einzuladen? Beobachtet hatte er das nur sehr selten. Da hatte sich in den letzten Jahren viel verändert, bei den Sitten und Gebräuchen. Oft bildeten sich Gruppierungen, wo sich nur Frauen oder Männer aufhielten, als entfernten sich die Geschlechter immer mehr voneinander.

„Sag mal, hast du dich gar nicht umgezogen?",
sagte Fidi und Fischer bemerkt erst jetzt, dass er noch
seine „Arbeitsjeans" anhat, mit lauter bunten Farb-
flecken drauf. Tatsächlich hat er vergessen sich um-
zuziehen und schaut nun etwas betroffen an sich
herunter. Da war nichts mehr zu machen.

„Kein Wunder, dass du soviel Aufmerksamkeit er-
regst, sollte ich wohl auch mal machen, mit so einer
Hose. Außerdem kennen dich einige aus der Zeitung,
als du in dem Laden da ein paar Bilder ausgestellt
hattest."

„Vielleicht solltest du mal etwas weniger rauchen,
hättest dann eine bessere Kondition. Die Frauen mögen keine Schlappschwänze", brüllt er zurück.

Die kleine Kollegin mit den überdimensionierten
Fliegerstiefeln hatte längst wieder die Tanzfläche
verlassen und zupft ihn nun von hinten am Ärmel,
dass er beinahe das Gleichgewicht verliert: „Du, da
ist eine von deinen 'Tussis' angekommen", sagt sie
gar nicht so glücklich, hat sie es nicht aufgeben, ihn
etwas zu bemuttern. Jedes zweite Wort was sie be-
nützt ist 'geil', „ist doch geil oder?", obwohl sie gerade mit einem Psychologiestudium angefangen hat.

Wer sollte das jetzt sein? Die Gabi Müller konnte wegen der Kinder so spät nicht mehr raus, zumal auf ihren Mann da kein Verlass war. Hatte die Kollegin sich nur einen Spass gemacht?, blinzelte er angestrengt gegen die starken Scheinwerfer an.

Und Christine? Die war doch auf einem Lehrgang oder Tagung, und wollte anschließend Urlaub machen. Woher sollte die Kollegin die überhaupt kennen? In dem Gewühle augenblicklich, und jetzt betätigte der DJ noch die Kanone mit dem künstlichen Nebel, konnte er selbst seine Kollegen nicht mehr entdecken, von denen einige sicher schon nach Hause gegangen waren. Als sich eine dicke Nebelwolke links neben ihm allmählich auflöste, sah er Christine Weber da am Rand stehen, und sie winkte ihm fröhlich zu. Er lächelte zurück, hob seine rechte Hand, ohne sich vom Tanzen abbringen zu lassen, ging weiter seinen Gedanken nach, schloß ab und zu wieder seine Augen und blinzelte freundlich zu ihr rüber. Sie hatte so ein offenes herzliches Lachen, einen klaren Blick und juchzte beim Tanzen sogar. Er staunte darüber, dass sein Herz bei ihrem Anblick einen kleinen Hüpfer machte. Die Überraschung war ihr gelungen. Wie konnte das passieren, dass er sich so über ihr Erscheinen freute? Sie hatte ihm keinen Vorwurf daraus gemacht, dass er noch eine andere Beziehung hatte. Zumal sie sich angeblich selbst nicht klar darüber war, was sie wollte. Deshalb rief sie vorher an, wenn sie ihn zu treffen wünschte, und so waren die beiden Frauen sich in seiner Gegenwart nie begegnet. Christine wusste, dass die andere verheiratet war und zwei kleine Kinder hatte. Zu bestimmten Zeiten war deshalb nicht zu erwarten, dass er mit ihr zusammen war.

21

„Ich weiß gar nicht, ob ich dich überhaupt ganz will", hatte sie einmal halb spöttisch, halb ernst geäußert. Er hatte noch nie jemanden wie sie erlebt, der so offen und klar über intimste Gedanken und Gefühle redete. Jedenfalls erschien es ihm so.

Dabei hatte sie es beruflich mit Zahlen, Fakten und Gesetzen zu tun, war als Steuerberaterin tätig. Nach der Erbschaft von seiner Tante hatte er zeitweise nicht mehr durchgeblickt und benötigte unbedingt fachlichen Rat, um die finanziellen Angelegenheiten zu regeln. Sie war als Partnerin in einer großen Praxis aufgenommen worden und hatte das Angebot, das Geschäft ganz zu übernehmen, da der jetzige Inhaber aus Altersgründen ausscheiden wollte. Sie habe zunächst erheblich gezweifelt, ob sie der Aufgabe gewachsen sei. Aber der Entschluß stand nun fest und sie investierte ihre gesamte Energie in dieses Vorhaben: „Der Laden frißt mich völlig auf" und äußerte ganz unbefangen, dass ihr für eine intensivere Partnerschaft im Augenblick die Zeit und Energie fehle.

In dem ersten Beratungsgespräch hatte er sich darüber gewundert, wie sehr sie ihn ausfragte und er befürchtete schon, dass es reichlich teuer würde. Und habe er da ein Arbeitszimmer eingerichtet?

„Nein, aber ein Atelier."

Da ließe sich bestimmt was absetzen. Sie sei sehr kunstbegeistert: „Finde ich total toll und in welcher Art malen Sie, verkaufen Sie auch was, würde mir gerne mal etwas ansehen. Ein richtiger Maler!", musterte sie ihn öfter von oben bis unten. Verstohlen sah er zwischendurch auf die Uhr und bereute, sich nicht vorher nach dem Stundensatz für ein solches Gespräch erkundigt zu haben und war ganz durcheinander von der Freundlichkeit, den komplizierten Gesetzen und dem Charme der jungen Dame. Er bewunderte, dass jemand daran Spass hatte, sich mit diesem kleingedruckten Zeug auszukennen, und dann änderte sich da noch dauernd etwas.

Ob er ihr noch diese oder jene Unterlagen vorbeibringen oder schicken könne?

Und nun sagte er es ganz offen, dass diese Beratung nicht zu teuer werden dürfe.

Leicht erschrocken und gleichzeitig amüsiert sah sie ihn an, als ob sie sagen wollte: „Merkst du es eigentlich nicht, dass ich mich für dich interessiere?"

Sie schaute demonstrativ auf die Uhr: „Nach meiner Berechnung dauert das Beratungsgespräch bisher nicht einmal eine halbe Stunde. Ich richte gerade meine neue Wohnung ein und wir könnten das doch damit verrechnen, dass Sie mir einige Ratschläge für den Wandschmuck, die Bilder geben."

Langsam fing er an zu begreifen, dass diese Freundlichkeit nicht zum normalen Kundendienst gehörte. Dennoch reagierte er misstrauisch, fing nicht so leicht Feuer und ließ nicht so leicht jemanden an sich heran.

Trotzdem ließ er sich noch zu einem Kaffee überreden. Gewandt hantierte sie mit dem Geschirr und präsentierte sich geschickt von allen Seiten. Sie trug ein schlichtes elegantes, eng anliegendes Kostüm. Der kurze Rock wirkte nicht aufdringlich, zeichnete ein sehr schlanke, zierliche, aber weibliche Figur ab. Sie hatte ein schmales ovales Gesicht, dass sehr schön von ihrem fast hellblonden leicht ringelgelockten Haaren eingerahmt wurde.

„Darf ich mich dann mal melden?"

„Selbstverständlich", verabschiedete er sich und war sich trotzdem nicht sicher, ob dies nicht nur ein kleiner Alltagsflirt, die Sache damit beendet war.

Er war erstaunt, als sie sich tatsächlich schon nach zwei Tagen meldete und ihn zu Kaffee und Kuchen in ihre neue Wohnung einlud.

Ja, am Samstagnachmittag habe er Zeit. Als er sich dann auf den Weg machte dachte er noch in letzter Minute daran, ein kleines Blumensträußchen, bloß nicht übertrieben, zu besorgen. Der portugiesische Gärtner da bei dem allgemeinen Krankenhaus hatte selbst am Wochenende auf. Lockend standen die Schnittblumen in großen Kübeln direkt an der Straße. Er fühlte sich etwas albern, als er mit den Blümchen vor der großen Wohnungstür stand und klingelte. Einer kleinen Aufmerksamkeit folgte meist eine größere und einer kleinen Unaufmerksamkeit ebenfalls, dachte er. Sie begrüßte ihn so herzlich, mit kleinem Küßchen auf die Wange, als würden sie sich ewig kennen.

„Das ist aber nett, sogar daran hast Du gedacht. Wer macht das heute noch? Ist doch blödsinnig sich zu Siezen, oder?", steckte ihre Nase anerkennend in das farbige Grünzeug, wartete seine Antwort gar nicht ab und sah ihn sehr lieb an. Sie trug ein schwindelerregend kurzes blaugräuliches eng anliegendes Etwas, das Ähnlichkeit mit einem zu lang geratenem T-Shirt hatte. Sie machte aber nicht den Eindruck, als ob sie nicht vollständig angezogen sei, er sie gar zu früh gestört hätte. Ganz unbefangen bewegte sie sich darin, und er konnte seine Augen nicht von den dadurch unglaublich lang wirkenden Beinen lassen.

Oh je, dachte er, als sie hineingingen 'Schöner Wohnen' in Perfektion und dieser riesige weiß gestrichene Kamin. Bestimmt das Werk eines renommierten Innenarchitekten, aber die Wände waren tatsächlich noch leer.

„Vielleicht trinken wir erst Kaffee und du kannst dir dann alles ansehen", lud sie ihn ein, fasste ihn dabei vertraulich an seinen Arm, als sei er hier längst zu Hause.

Er staunte noch heute darüber, wie es dann weiterging.

„Bestimmt hast du eine Freundin, wie du aussiehst", fragte sie ihn direkt aus. War dann mit seiner Antwort nicht unzufrieden, als er meinte, die Sache sei etwas komplizierter und die Bekannte sei verheiratet u.s.w..

Ohne dass er sich seinerseits erkundigt hatte, erklärte sie ihm, dass sie arbeitsmäßig momentan zu sehr überlastet sei, sich in der Praxis erst einmal einarbeiten müsse, um sich auf eine tiefergehende Beziehung einzulassen. Dies unterstrich sie damit, dass sie einige Male heftig die Luft ausstieß, als drohe sie unter ihrer schweren Last zusammenzubrechen. Ein wenig fehlte ihm die Phantasie, sich dieses Persönchen als durchsetzungsfähige Businesslady vorzustellen. Er konnte sich nicht mehr an den genauen Wortlaut erinnern, wie es weiterging, aber sinngemäß sagte sie ohne jede Umschweife, er sei genau der Typ Mann, auf den sie stehe, und er hatte ernsthaft damit zu kämpfen, nicht rot und verlegen zu werden. Sein Hinweis nützte nichts, dass sie ihn doch gar nicht kenne, und er für mache sogar eine verkrachte Existenz sei, mit dem abgebrochenen Studium, dem halben Nachtdienstjob und der Malerei.

„Finde ich einfach toll, dass du wegen deines Kunstinteresses das Medizinstudium aufgegeben hast. Der Entschluss ist dir bestimmt nicht leicht gefallen. Sagenhaft, kann ich nur bewundern!", war ein Leuchten in ihren Augen, schossen Blitze auf ihn los. So hatte er selbst die Sache noch nicht betrachtet und sie äußerte nicht das geringste Bedauern darüber, dass aus ihm kein renommierter Mediziner geworden war oder forderte ihn gar auf, dies doch nachzuholen. Manchmal glaubte er zu träumen, so überraschte ihn ihr ganzes Wesen.

Dann begann die Besichtigung. Bewundernd stand er vor der großen Badewanne.

„Ist aber kein Whirlpool, der war mir doch zu aufwendig, aber es passen gut zwei rein. War das früher bei euch auch so, mit dem 'Samstagsbaden'."

„Oh je, ja, das war eine richtige Prozedur. Erst kam Mutter. Das warme Wasser war noch recht kostbar."

Beide hocken auf dem Rand des Prachtstückes und finden sich nach einem plötzlichen Abrutscher, „oh Hilfe", ganz dicht aneinandergepresst auf dem Boden der Wanne wieder. Wer hatte da das Gleichgewicht verloren, wen leicht geschubst oder gezogen? Jedenfalls macht keiner Anstalten, die Situation schnell zu beenden. Ihre Blicke sind eindeutig und ohne weitere Worte wird ein vorsichtiger langer Kuß daraus.

„Du, was meinst du, mit dem Baden samstags, die Wanne ist noch nicht eingeweiht?", war ihm klar, warum sie eigentlich nicht richtig angezogen war. Er findet keinen Grund, warum dieser Brauch nicht neu belebt werden sollte, geschweige denn, sich dagegen zu wehren, sondern fühlt nur ihren warmen weichen Körper.

„Die Sexualität fehlt mir manchmal sehr", sagt sie, kuschelt sich noch enger an ihn und fügt hinzu, „diese Gefühle kann auch die verdammte Arbeit nicht unterdrücken."

„Na, kannst du wieder nicht aufhören", hatte Christine sich zu ihm durchgekämpft und umarmte ihn leicht, so schnell bewegte er sich ja nicht.

„Darf ich doch oder?", vergewisserte sie sich. Dabei schaute sie sich auffällig um.

„Bist du allein hier?", wollte sie dann doch wissen.

„Ein paar Kollegen", brüllte er zurück.

„Aha, mit dem ganzen Troß. Ich bewundere euch irgendwie, mit eurem Zusammenhalt."

„Vielleicht ist es die menschlich schwierige Arbeit, die zusammenschweißt", hatte er sich näher an ihr Ohr gewandt.

„Ja, ja,", sagte sie zweideutig, hob mahnend ihren rechten Zeigefinger.

„Ich habe nicht mit dir gerechnet. Du wolltest doch frühestens in einer Woche zurück sein - erst noch einen Kurzurlaub machen."

„Du wirst es nicht glauben", sagte sie, war sogar leicht unsicher, was ihr nicht häufig passierte, hielt ihren Kopf etwas seitlich und sah ihn dann ernst an, „ich hatte große Sehnsucht nach dir. Was sollte ich da allein in dem blöden Hotel?"

22

Da pochte jemand sogar an die Tüt und wieder wurde der Klingelknopf gedrückt. Nun schon zum vierten oder fünften Mal. Da gab jemand nicht auf - war vielleicht doch was Wichtiges. Klaus Fischer lugte durch ein schmales Fenster runter in die Einfahrt. Was sollte das bedeuten? Da stand ein unauffälliges Mittelklasseauto und ein Mann ging im gleichen Augenblick zum Wagen zurück, öffnete die Seitentür und schaute zum Haus hoch. Dann schien er mit jemand anderes zu sprechen, der sich noch an der Tür aufhalten musste. Schnell zog er sich an, achtet aus einem unsicheren Gefühl heraus auf Sorgfalt, kämmte mit einigen heftigen Bewegungen die Haare glatt, nahm Wasser dazu und hastete nach unten. Gerade als er die Tür öffnete war auch der zweite Mann zum Auto zurückgekehrt und öffnete gerade die Fahrertür.

„Ach, da ist wohl einer von den Toten auferstanden. Kripo ...", stellten sie sich kurz vor. Fischer kannte kein Gesetz, dass vorschrieb, wann jemand aufstehen müsse oder nach wieviel Mal Klingeln die Tür zu öffnen sei. Der Ton und das Auftreten der Männer gefiel ihm nicht.

„Entschuldigen Sie", sagte er, „können Sie sich kurz ausweisen?"

„Wenn es denn sein muss, erwarten Sie sonst noch Besuch", fingerte der eine unwillig und umständlich, zwischen unaufgeräumten Papieren, ein kleines Plastiketui hervor und hielt es ihm flüchtig hin, so dass er nicht dazu in der Lage war, näher hinzusehen, während der andere gar keine Anstalten machte, seiner Aufforderung nachzukommen.

„So, das genügt wohl erstmal", ließ er aber vernehmen und machte keine Anstalten seine Papiere vorzuzeigen.

„Wir haben einige Fragen an Sie, zu dem Vorfall in der Klinik. Falls Ihnen unser Besuch nicht passt, können wir Sie gerne ins Revier vorladen. Würden Sie dann die Freundlichkeit haben, sich ihrerseits auszuweisen, damit wir sicher gehen können, wen wir vor uns haben." Trotz dieser Einschüchterungsversuche hatte Fischer jetzt aber seine Ruhe wiedergefunden. Was wollten die Typen eigentlich von ihm?

„Darf ich die Herren hineinbitten, nehmen Sie doch bitte Platz", weist er auf die beiden Sessel im Wohnzimmer. Ich hole gerade den Personalausweis, der liegt in der Kommode im Schlafzimmer."

Während sich der eine ins Wohnzimmer begibt, sich dort umsieht, bleibt der zweite demonstrativ in der Halle stehen, beobachtet ihn wie er nach oben geht, als ob dringend Fluchtgefahr bestünde. Als er hinunterkommt, stehen sie nach wie vor und der eine studiert umständlich seinen Ausweis.

Klaus Fischer macht noch einmal eine einladende Handbewegung und nimmt dann selbst gegenüber auf dem Sofa Platz. Er kann sich weiß Gott nicht vorstellen, was er zur Aufklärung dieses Falles beitragen kann und trotz ihres bedrohlichen Auftretens kämpft er dagegen an, laut loszulachen.

„Es gibt Hinweise dafür, dass der Postbote beraubt wurde," sagt der eine unvermittelt, der immer noch steht, als wäre er auf der Hut und müsse sich jeden Augenblick auf ihn stürzen.

Der andere fügt in scharfem Ton hinzu: „Erzählen Sie uns mal, was Sie um diese Zeit noch in der Klinik zu tun hatten, Ihr Dienst war doch längst beendet!"

Zunächst will er gegen diese Art des Gesprächs protestieren, fühlt sich in einen miesen Krimi versetzt, aber entschließt sich dann doch, sie nicht weiter zu provozieren. Aber was soll er ihnen sagen, kann er die Verabredung mit Gabi Müller hier so offen eingestehen, schadet er ihr nicht damit? Was soll das bloß mit dem armen Postbeamten zu tun haben?

Sie lassen sich keine Regung entgehen. Die Antwort dauert ihnen schon zu lange, macht er sich verdächtig.

„In der Tat ist um sieben Uhr der Nachtdienst zu Ende", sagt er, zieht die Wörter in die Länge, um noch Zeit zum Überlegen zu haben, was er als nächstes sagt.

„Das ist doch höchst ungewöhnlich, dass Sie sich dann noch gegen neun in der Klinik aufhalten. Wer bleibt denn nach so einem Dienst freiwillig länger?", grinst der eine höhnisch.

„Erklären Sie das!", fügt der zweite barsch hinzu.

„Es nützt nichts", dachte er, wollte sich nicht unnötig in ein schiefes Licht bringen. „Ich hatte noch eine Verabredung mit einer Kollegin, die mich zu einem kleinen Frühstück einlud, Brötchen mitbrachte, um mir etwas Wichtiges mitzuteilen."

„Wie merkwürdig", dachte er, „was ihm vor dieser Vernehmung noch ganz alltäglich, normal vorkam, hörte sich für ihn selbst jetzt nicht mehr so selbstverständlich an."

„Wer soll das denn gewesen sein?", wurde misstrauisch, wenn nicht ungläubig weitergefragt, suchten die doch nach einer Person, die dem Postboten aufgelauert hatte.

Nach kurzem Zögern, das ihnen wiederum nicht verborgen blieb: „Es handelt sich um Frau Dr. Müller."

Die beiden Kripobeamten sahen sich erstaunt und betont vielsagend an.

„Ach, wir werden Ihre Aussage selbstverständlich nachprüfen, falls Sie uns da ...", ließ der nebulös offen.

„Bisher ist der Postbote nicht außer Lebensgefahr, so dass wir möglicherweise von einem Raubmord ausgehen müssen. Ihnen scheint diese Situation nicht ganz bewusst zu sein. Soviel wir wissen, ist Frau Müller verheiratet, hat zwei Kinder und soll sich mit Ihnen da morgens zum Frühstück verabredet haben und Sie blieben deshalb extra länger in der Klinik?"

„Es war genau so. Als ich noch auf sie wartete, hörte ich mehrere aufgeregte Stimmen, ging dann ebenfalls in die Halle, sah die Leute vor dem Eingang stehen, begab mich nach draußen und sah, wie Frau Müller und der Klinikleiter dem Boten erste Hilfe leisteten, einer von den Pflegern war dabei und bald kam der Unfallwagen hinzu. Ansonsten habe ich von der ganzen Sache nichts mitbekommen.

„Was hatten Sie denn für eine Beziehung zu Frau Müller?", ließen die sich nicht abwimmeln.

„Das ist nicht ganz einfach ...", stockt er wiederum.

„Sie machen sich hier höchst verdächtig. Wir lassen uns nicht verschaukeln, mit Ihrer zurückhaltenden und lückenhaften Erzählung. Wir können auch andere Seiten aufziehen!" Er hatte daran inzwischen keinen Zweifel mehr.

„Es besteht seit einiger Zeit ein Verhältnis. Sie müssen verstehen, ich wollte Frau Müller nicht unnötig kompromittieren. Mir ist völlig unklar, was ich mit der Sache zu tun haben soll, so sehr mir der Mann leid tut. Ich war ebenso erschüttert, wie alle anderen in der Klinik. Am Tag zu vor hatte sie mich hier besucht und es hatte atmosphärisch Schwierigkeiten zwischen uns gegeben und das war wohl der Grund dafür, dass sie mich um dieses Treffen bat. Nach dem Unglücksfall hat sie sich krank gemeldet, hatte wohl erst durch diese Aufregung bemerkt, dass sie fiebrig war und ging nach Hause, ohne dass es noch zu dem Frühstück oder einer Aussprache gekommen wäre."

Der mit dem Notizbuch in der Hand ließ sich noch die möglichst genauen Zeiten geben, wann er wo gewartet habe und letztlich die Klinik verließ und wer dies bezeugen könne. Seine genauen Angaben stimmten sie anscheinend versöhnlicher. Dennoch dachte er mit Schrecken daran, was passieren würde, wenn Gabi seine Angaben nicht bestätigte, weil sie das Verhältnis zu ihm nicht aufdecken wollte.

„Können wir uns einmal umsehen?", war die Prozedur aber noch nicht beendet. Das Lachen war ihm längst vergangen.

„Ich habe nichts dagegen. Sie können anschauen, was sie wollen."

Er hatte nicht gedacht, dass sie dies wirklich so wörtlich nehmen würden und staunte, als sie anfingen den Glasschrank, sämtliche Schubladen zu öffnen, sich systematisch vorarbeiteten.

„Ihre finanziellen Verhältnisse. Wohnen Sie hier zur Miete?"

„Die Unterlagen habe ich oben", fing er an, seine Großzügigkeit zu bereuen.

„Lebt hier noch jemand?"

„Nein."

„Wem gehört das Haus?"

„Das ist mein Eigentum."

Er legte Ihnen einige Konto- und Depotauszüge vor, hatte sie damit offenbar erheblich milder gestimmt, um nicht zu sagen, vorsichtiger werden lassen. Selbst öffnete er ihnen noch einige Schubladen.

Bei seiner spartanischen Einrichtung und Lebensweise, war schnell alles durchsucht.

„Jetzt erinnere ich mich, hatten sie da nicht eine Ausstellung, stand doch in der Zeitung", sagte der eine Beamte und interessiert schauten sie sich als letztes im Atelier um und standen vor einigen Bildern.

„Sie müssen verstehen, wir sind dazu gezwungen, allen ungewöhnlichen Vorkommnissen des Morgens nachzugehen. Es kann sein, dass Sie ihre Aussage auf dem Revier noch zu Protokoll geben müssen. Wir melden uns dann."

„Auf Wiedersehen", verabschiedeten sie sich eilig. Kopfschüttelnd blickte er ihnen durch das kleine, mit Gardinen verhangene Seitenfenster nach, wie sie in ihr Auto stiegen und davonfuhren. Nicht nur die Ruhe des Hauses schien ihm gestört. Er hatte das Bedürfnis, sich Gesicht und Hände zu waschen, dieses Ereignis von sich abzuschütteln.

23

Der Wagen der Polizeibeamten fuhr vom Hausgelände und blieb schon nach einer kurzen Strecke am Straßenrand stehen.

Die beiden Männer sahen sich fragend an.

„Was der uns über den Fischer aufgetischt hat", sagte der eine.

„Ja, der Chefarzt."

„Obskure Persönlichkeit, zweifelhafter Lebenswandel und so weiter."

„Ich hatte gleich ein merkwürdiges Gefühl, als ob der jemanden anschwärzen wollte."

„Und, was hattest du für einen Eindruck?"

„Du weißt doch, die Malerei ist mein Steckenpferd, probiere mich selbst daran. Ich erinnerte mich bei den Bildern gleich an eine kleine Ausstellung von dem - kann ich wirklich nicht mithalten. Es beeindruckt mich, was der macht. Ist ja sehr schwierig, sich als Künstler durchzusetzen. Wenn du an seine Konten denkst - und arbeitet trotzdem im Nachtdienst. Warum eigentlich? Die Sache mit dem Postboten? Vergiß es. Die Story mit dem Verhältnis kommt mir schon plausibler vor."

„Der lebt in diesem Haus ja wie ein ...", verschluckt den Rest. Der Kollege weiß schon, was er damit meint. Sie mit ihren Familien und was der Wohnraum heute kostet. Kinderzimmer mit Hochbetten, mehr ist da häufig nicht drin.

Passanten schauen schon auffällig missbilligend zu ihnen rüber, die da am hellichten Tag im Auto herumsitzen, wohl nicht irgendwas im Schilde führen, in dieser stillen Wohngegend? Misstrauischer geworden ist man, seit es ganz in der Nähe einen Einbruch gegeben hat. In den Medien ist öfter zu hören, dass Einbruchsobjekte vorher ausgespäht werden. Die Blicke treffen sie, verhehlen ihre Wirkung nicht, machen das Sitzen im Wagen ungemütlicher und die Männer greifen erneut zur Zigarette. Aber aufs Revier zieht es sie so schnell nicht zurück, diese Hektik da und so lange sich von denen niemand meldet, schauen sie ab und zu nervös zum Autotelefon hin.

„Diese Beule am Vorderkopf, in der Nähe der Schläfe, kann doch auch vom Sturz herrühren, wie der Mann da zwischen Auto und Mauer eingequetscht war. Wer will feststellen, wie der gestürzt ist?"

„Wenn das nun gar kein Fall ist für uns?"

„Wären da die Einschreibebriefe nicht."

„Die von der Post sind ganz sicher, dass die fehlen."

„Und warum gerade zwei? Es ist ja zum ...", schüttelt der Gesprächspartner verzweifelt den Kopf.

„Theoretisch kann ja noch mehr verschwunden sein, von dem, was nicht registriert ist. Und es ist sogar möglich, dass die Einschreiben nur zufällig dabei waren. Der Täter könnte gestört worden sein, durch die Frau Müller, hat dann einfach zugegriffen, was noch zu kriegen war, und ist weg."

„Dies könnte heißen, dass er es vielleicht doch auf das Geld abgesehen hatte, es aber durch diese Störung nicht mehr an sich nehmen konnte oder sogar wieder fallenließ."

„Es gibt ja eine Reihe von Vorbestraften in der Klinik, Beschaffungskriminalität und anderer Delikte. Der Verwaltungsleiter hat außerdem ausgesagt, dass einige nur über sehr wenig oder sogar wochenlang überhaupt kein Geld verfügen, weil die Bearbeitung von Anträgen auf Versicherungsgelder und Sozialhilfe oft endlos lange dauert."

„Ich habe trotzdem das Gefühl, wir tappen völlig im Dunkeln. Wenn wir die jetzt alle verhören sollen, da in der Klinik ..., wer wo war und für die Tatzeit ein Alibi hat. Wo noch nicht einmal klar ist, ob da ein Verbrechen passiert ist - für mich jedenfalls nicht, Einschreiben hin oder her. Die machen auch Fehler, bei der Post. Da ist bisher nur dieses einzige Indiz. Für mich reicht das nicht, eine solche Untersuchung anzukurbeln."

„Wenn der Postbote jetzt stirbt, keine Aussage mehr machen kann. Die Frage bleibt, Ausrutscher oder Raub, Totschlag, vielleicht Schlimmeres. Falls er aufwacht, löst sich möglicherweise alles in kürzester Zeit in Luft auf."

„Lass uns doch noch mal überlegen, was wäre, wenn es sich nur darum handelte, ein Einschreiben zu entwenden."

Die matte Sonne hat den Wagen zu sehr aufgewärmt und der eine Kripobeamte dreht die Scheibe etwas runter, schnippt die noch brennende aufgerauchte Zigarette hinaus und holt tief Luft: „Warum sollte da zum Beispiel jemand eine Ladung zu einem Gerichtstermin oder zu einer polizeilichen Vernehmung, einen Straf- oder einen Zahlungsbefehl abfangen wollen? Was hätte das für einen Sinn? Der weiß doch genau, dass wir ihn unter Umständen dann persönlich abholen und bei den anderen Sachen höchstens ein kleiner Aufschub herauskäme."

„Alles Blödsinn. Woher sollte derjenige wissen, dass diese Sendung genau an diesem Tag ankommt. Ich kann mich nicht erinnern, je von einem solchen Fall gehört zu haben."

Auf der einen Station soll doch kürzlich eine Gruppenkasse aufgebrochen worden sein, wenn wir uns zunächst da die Vorstrafen der Patienten ansehen? Mit den Einschreiben das muss ein Zufall sein. Mir fällt dazu nichts mehr ein. Dass es um Geld ging, ist die einzige plausible Erklärung und der Täter dann gestört wurde. So etwas passiert doch andauernd. Vielleicht hat einer in der Klinik bei früheren Postzustellungen beobachtet, wie der Bote eine größere Summe mit sich führte", ging das Gespräch weiter.

„Die Beschäftigten im Empfang können uns da vielleicht weiter helfen."

„Das wäre noch ein Ansatzpunkt."

Wieder kommt eine Radfahrerin an ihrem Wagen vorbei und dreht sich auffällig zu ihnen um.

„Komm, lass uns lieber fahren, wir fallen hier zu sehr auf."

„Ja", sagt der Mann am Steuer und lacht, „sonst holen die gleich noch die Polizei."

24

In der Diele schnarrte das Telefon. Er legte den Pinsel weg. Der Besuch der Polizisten hatte ihn im nachhinein noch aufgewühlt, und er hatte schnell gemerkt, dass er kaum arbeiten konnte und weiß Gott, was man nun schon wieder von ihm wollte.

Es war die Pflegedienstleiterin Koslowski. Sie kannte da nichts, rief die Mitarbeiter häufig zu Hause an, wenn Dienste sich verschoben, jemand einspringen musste. Bisher war er noch nicht zu der Ehre gekommen, aber andere hatten schon den Eindruck, in ständiger Bereitschaft zu leben, überhaupt keinen Anspruch mehr auf ein Privatleben zu haben.

„Ich muss Sie dringend bitten, morgen früh zehnuhrfünfundvierzig zu einer Unterredung mit der Betriebsleitung in die Klinik zu kommen." Er wunderte er sich über die ungewöhnliche Uhrzeit.

Ihr Ton war streng und kalt. Sie duldete selten Widerstand, speiste Leute damit ab, dass etwas halt so sei, weil sie dies so beschlossen habe oder wünsche.

Vorsichtig fragte er deshalb betont freundlich, sie wusste ja, dass er nicht im Tagdienst beschäftigt war: „Darf ich fragen, worum es in dieser Besprechung geht, Frau Koslowski?"

„Es geht um Vorfälle, die sich in ihrer Dienstzeit abgespielt haben. Der Chef wünscht deshalb ausdrücklich, Sie dringend persönlich zu sprechen. Ich sage Ihnen ganz ehrlich, machen Sie sich auf was gefaßt. Mehr muss ich Ihnen dazu wohl nicht erläutern."

„Sie machen mich völlig ratlos", wagte er dann doch den Einwand.

„Dies ist eine dienstliche Anordnung", und der Hörer wurde auf der anderen Seite ohne ein weiteres Wort aufgelegt.

Im Zeichen der Belegungskrise wurden dienstliche Anordnungen mit Überschallgeschwindigkeit verfügt und wieder zurück gezogen. Der Ton war trotzdem meist hochherrschaftlich, „wird hiermit angeordnet", und jemand, der stark unterbeschäftigt sein musste, erfand dazu neue Formularvordrucke. Eine Rettung sollte darin liegen, alles zu dokumentieren, jede Be-

sonderheit im Verhalten des Patienten im Stationsall-
tag unverzüglich festzuhalten und der Betriebsleitung
zur Kenntnis zu bringen. Manche schrieben sich die
Finger wund. Waren ganz stolz auf ihre umfangreichen Machwerke. Wer schreibt, bleibt, dachten die
wohl. Höchst subjektive Eindrücke fanden sich da in
den Akten, wurden Patienten verdächtigt, böswillig
Ausgangszeiten überschritten oder für nicht geneh-
migte Zwecke mißbraucht zu haben. Gegenteilige
Aussagen, den Bus nicht mehr erreicht zu haben oder
es sei beim Arzt zu voll gewesen und man sei trotz des
Termins nicht rechtzeitig dran gekommen, halfen
meist wenig. Das Berichtswesen ließ die Akten unglaublich anschwellen, den Schreibdienst unter der
Last zusammenbrechen und häufig hatten die anstrengend formulierten Machwerke nicht einmal den
Wert von Klatsch und Tratsch. Von oben versuchte
man sich immer gegen alle Eventualitäten abzusi-
chern, aber die Suchtkranken ließen sich nicht beherrschen, sorgten jeden Tag für neue Überraschun-
gen, wurden in der schlechten Atmosphäre rückfällig
oder brachen in Scharen die 'Therapie' einfach ab.
Niemand konnte sie zu Bleiben zwingen. Je mehr Regeln und Vorschriften, um so mehr schien die Arbeit

von vornherein zum Mißerfolg verurteilt zu sein. Zwischenfälle erzeugten neu Vorschriften und Anordnungen und diese führten zwangsläufig zu neuen berichtenswerten Vorkommnissen. Ein regelrechter Teufelskreis schien sich da aufzutun. Fischer hatte nicht selten das Gefühl, dass hier eine Atmosphäre entstanden war, die die Patienten schon kannten, vor der sie in die Droge geflüchtet waren, die sie krank gemacht hatte. Das Berichtsbuch über die Teamsitzungen war voller Absurditäten. Seitenlang wurden Beschlüsse aufgeführt, warum oder ob jemand eine Stunde früher oder später einen Ausgang antreten könne, Angehörige vom Bahnhof abgeholt werden dürften u.s.w. und nicht selten hatte der Nachdienst die Aufgabe, die Einhaltung zu überwachen. Die Patienten wurden ebenfalls dauernd zu schriftlichen Aufzeichnungen aufgefordert. Bei Regelverstößen waren schriftliche Stellungnahmen abzugeben, Anträge wurden schriftlich formuliert und nicht selten fühlte sich jemand der Therapie nicht mehr gewachsen, weil er damit überfordert war. Therapiefortschritte mussten auf vorgedruckten Formularen festgehalten werden und manche hatten darüber tatsächlich Aufzeichnungen in der dritten

Person anzufertigen: Herr X hat inzwischen seine Hemmungen überwunden, in der Gruppe zu sprechen und ... , damit der Therapeut dies gleich so für die Akte diktieren konnte, nicht extra umformulieren musste. Man vergaß, dass ein nicht unerheblicher Teil der Bevölkerung in diesem Land Analphabeten sind und dieser Anteil auch bei den Patienten vorhanden war. Ehe die sich aber outeten, verschwanden sie unerkannt, so schämten sie sich. Ein noch größerer Teil hatte wenig Übung darin und sie brauchten es in ihrem alltäglichen Leben auch nicht. Es ließ sich nicht verhindern, dass der Führungsstil der BL sich in der Arbeit mit den Patienten niederschlug, letztlich ein Abbild davon war.

25

Die würden ihn doch nicht auch noch mit der Postbotensache in Verbindung bringen. Im Nachtdienst hatte er sich vor der Betriebsleitung ziemlich in Sicherheit gefühlt. Nur durch die Erzählungen der anderen, hatte er miterlebt, manchmal mitgelitten, was

Kollegen durchmachten. Wie vielen, plagte ihn ab und zu das schlechte Gewissen, nicht beizustehen, wenn offensichtlich Ungerechtigkeiten geschahen, Leute systematisch fertig gemacht wurden. Die „Opfer" schämten sich nicht selten, zweifelten, ob an den Vorwürfen, die man ihnen machte, vielleicht doch etwas dran sei und wenn sie sich offen geäußert hätten, bliebe vielleicht doch was an ihnen hängen. So verheimlichte der eine lange Zeit einen Brief, in dem ihm Häberlein mitteilte, dass seine Leistung völlig insuffizient sei, der Mitarbeiter überhaupt nur vierzehn Stunden in der Woche nachweisbar etwas getan hätte und höhnisch war hinzugefügt: „ Bitte teilen Sie uns mit, womit Sie die restliche Zeit verbracht haben."

Ärzte und Psychologen mussten sich sagen lassen, ihre Arbeit und Berichtswesen sei inkompetent, habe kein Niveau, sei in einer Qualität, wie es jeder Pfleger fertigbringe. Für Therapieabbrüche, Rückfälle und undiszipliniertes Verhalten von Patienten, ganz alltägliche Ereignisse in einer Suchtklinik, wurden die Mitarbeiter persönlich verantwortlich gemacht, so dass einige ständig vor den unvermeidlich stattfindenden nächsten Vorfällen Angst haben mussten.

Dazu dann seine andauernden sexuellen Nachstellungen, die nicht nur Frauen betrafen, Einladun-
gen zu „Arbeitsessen" und Hotelbesuchen. Einige
waren immer auf der Hut, wenn sie nun eine Einla-
dung treffen würde, was sie dann tun sollten. So unglaublich es klingen mag, gab es auch Eifersucht,
warum wurde nun gerade die zu „Besprechungen"
gebeten, warum man selbst nicht. Nur wenige konnten sich abgrenzen, pochten zum Beispiel auf ihr Privatleben, warfen ihn aus ihrem Zimmer, wenn er ihnen in seiner penetranten Art zu nahe kam oder sie
aushorchen wollte und waren gefeit vor diesen Ein-
flüssen. Manche atmeten erleichtert auf, wenn er
jemand anderes in der Mangel hatte, so wie sich die
Tiere in der Steppe beruhigen, wenn das Raubtier satt
ist. Tratsch und Klatsch sorgte für die notwendige
Verbreitung der Vorkommnisse und lenkten von der
eigentlichen Arbeit ab: „Hast du schon gehört, den
hat es wieder voll erwischt. Auf den hat er sich aber
eingeschossen." Nach außen trat der Häberlein auf,
als sei er der Gebieter über eine Großklinik von meh-
reren tausend Betten und nicht nur knapp über hun-
dert, fuhr ein großkotziges Auto und fand durchaus
Respekt bei dem Träger der Klinik und Außenstehen-

den, die auf so eine Repräsentation Wert legten. Keiner war leichter zu verletzen, als er selbst und er vergaß nichts, verhielt sich schlimmer als eine Mimose. Besonders gefürchtet waren seine Telefonanrufe. Mit messerscharfer Stimme wies er auf Lappalien hin: „Ich habe gerade festgestellt, da fehlen noch die Unterlagen ... ; Sie sind da ja mit der Bearbeitung der ... im Rückstand. Ich erwarte, dass Sie das augenblicklich in Ordnung bringen." Es war oft nicht die Sache selbst, die die Leute verletzte, aufbrachte, sondern die herablassende Art, dieses langsam fortschreitende sadistische Irresein. Eine Unberechenbarkeit, die keinen sicher sein ließ, nicht das nächste Opfer zu sein.

Fischer versuchte sich manchmal vorzustellen, wie sich die Menschen in der unmittelbaren Umgebung von politischen Despoten gefühlt hatten, wie in einer ähnlichen Atmosphäre Menschen ausgegrenzt und der Vernichtung preisgegeben wurden. Einigen Mitarbeitern hatte der Chef offen gedroht, sie würden schweren seelischen Schaden nehmen, wenn sie nicht von sich aus kündigten. Willkürlich griff er sie heraus, fragte sie völlig unsinnig nach Patienten aus und entrüstete sich über ihr mangelndes Wissen und die Dürftigkeit ihres Rapports, verweigerte ohne Begründung Urlaube und nutzte jede Chance, ihnen kleinste Fehler nachzuweisen, um sie möglichst noch vor Kollegen bloßzustellen. Unangemeldet platzte er in Teamsitzungen, sass stumm da, verließ dann ohne ein Wort zu sagen wieder die Besprechung und überprüfte systematisch Akteneintragungen.

Er merkte, dass er bei diesen Gedanken anfing, innerlich zu brodeln. Sollte er für sich einen Schlußstrich unter diesem Kapitel unwürdiger Arbeitsbedingungen setzen und statt zu dem Termin zu gehen, einen kurzen Satz in die Schreibmaschine tippen: „Hiermit k... ." Aber dagegen sprach, dass er dies schlecht fristlos tun konnte, unter diesen Umständen ein erträgliches Zeugnis riskierte. Schnell gab er den Gedanken auf, den Personalrat einzuschalten. Die reagierten selbst oft hilflos, fühlten sich mit solchen Konflikten überfordert und hatten nicht selten Schwierigkeiten, unmißverständlich die Partei des Mitarbeiters zu ergreifen. Sicher würden die ihn zu diesem Gespräch begleiten, aber innerer Trotz regte sich bei der Vorstellung, es mit denen nicht allein aufnehmen zu können.

Viele Schauergeschichten wurden von Sitzungen mit der BL erzählt und, dass sich die in der Klemme sitzenden nicht selten von ihrer Vertretung im Stich gelassen oder gar in den Rücken gefallen fühlten. Es war auch offensichtlich, dass sich einige in die Mitarbeitervertretung hatten wählen lassen, um den besonderen Kündigungsschutz für dessen Mitarbeiter in Anspruch nehmen zu können. Sie meinten sich dann vor den Nachstellungen des Chefs sicherer, kochten ihr eigenes Süppchen. Zu selten war jemand gleichzeitig Gewerkschaftsmitglied und hatte dadurch vielleicht eine gewisse Vorbereitung und Schulung erfahren, eine so verantwortungsvolle Position zu bekleiden. Emotionen stiegen manchmal hoch, wenn Neuwahlen waren: „Der wird es dem schon zeigen, der hat keine Angst vor ihm, endlich mal der Richtige." Aber die Euphorie ließ schnell nach. Die Möglichkeiten des Klinikleiters sich zu wehren waren zu vielfältig. So leicht ließ der sich nicht einschüchtern. Es war ein Leichtes jeden gegen jeden auszuspielen und mal diesem mal jenem einen Brocken seiner gnädigen Geneigtheit hinzuwerfen oder zu entziehen. Wer war schon gewappnet, eigene persönliche Belange hinten anzustellen, letztlich nicht um der eigenen Vorteile wegen um seine Gunst zu buhlen oder sich aus einer mißlichen Lage zu befreien und die eigene Position in der Hackordnung zu verbessern.

Besonders liebte er es, gewachsene Strukturen und Hierarchien zu umgehen um die Hintergangenen so zu düpieren. So betraute er plötzlich jemand anderes mit einer Aufgabe, wofür sich ein anderer mühsam kompetent gemacht oder sich gar besonders profiliert hatte. Alles was eine Wirkung nach außen hatte, übernahm er ohnehin am liebsten selbst, sonnte sich darin, in der Zeitung zu stehen und Experte und Ansprechpartner für alles und jedes zu sein, auch wenn die Qualität seiner Kommentare noch so dürftig war. Wie bei allen Leitern, denen es an Charakter und Sachverstand mangelt, duldete er nur äußerst schwache Persönlichkeiten in seiner direkten Umgebung. Einige versuchten ihn bei Sitzungen wörtlich zu imitieren, als ob sie ein Tonband von seinen Ausführungen verschluckt hätten.

26

Beim Verlassen des Hauses griff er zunächst zu seinem grobmaschigen, lässigen dunkelgrauen Jackett. Entschloß sich dann aber dagegen, ließ es bei dem grünlichgrauen Pullover, den er in der Freizeit trug und zum Malen anhatte, aus dem ein paar Fäden herausstachen und der an einigen Stellen einige Maschen verloren hatte, wenn nicht Löcher aufwies, zog die reichlich abgewetzte schwarze Lederjacke darüber. Bloß keinen besonderen Respekt zeigen.

Er nahm das Motorrad. Die Fahrt damit ist anstrengend und erholsam zugleich. Bei dieser Maschine bedurfte es einiger Übung, mit der nicht gerade leichtgängigen Handschaltung, die Gänge einigermaßen sauber einzulegen. Gleichzeitig ist ein Abbiegen noch mit der Hand anzuzeigen, was bei neueren Maschinen längst mit einer elektronischen Blinkanlage geschieht, so dass man beim Fahren alle Hände voll zu tun hat. Der 'Biker' muss außerdem mehr auf den Verkehr achten als andere Teilnehmer, weil er leichter übersehen wird und so eine vermeintliche Vorfahrt leicht zu einer tödlichen Falle werden kann. Im Freien sitzend saust der Fahrtwind trotz Helm kräftig um die Ohren. Ansonsten fehlt bei einem Sturz oder Aufpraller jede Knautschzone. Auf der anderen Seite ist diese Freiheit gerade das besondere Fahrerleben, fliegt die Umgebung, sei es die Stadt oder Natur, viel unmittelbarer, intensiver an einem vorbei. Auf dem Krad ist man nicht so abgeschottet und die Eindrücke sind so vielfältig, die Konzentration muss so wach sein, dass es sich dabei leicht von Sorgen und Nöten ablenken lässt.

Achtzig, neunzig Kilometer macht die knatternde 250 qcm Maschine noch ohne Anstrengung. Mehr muss es nicht sein, an einem Geschwindigkeitsrausch hat er kein Interesse. Das harmonische Röhren des Motors klingt wie Musik in seinen Ohren und er macht einen kleinen Umweg, die Zeit ist noch vorhanden, durch Wiesen und Felder. Es gibt ein paar Lieblingsstellen, an denen er gerne anhält. Jetzt fährt er nur langsamer. Der Anblick soll ihn trösten. Da fließt ein kleiner Bach durch ein Wäldchen, wenig Laubgehölz, mehr Fichten und Krüppelkiefern. Größere Baumbestände gibt es in dieser Gegend kaum, nur diese kleinen Reste, alle paar Kilometer. Dem Wasserlauf könnte man zu Fuß noch weiter folgen. Gemütlich schlängelt er sich weiter, von einem grünen Randstreifen und Buschwerk umgeben. Selten ist hier noch ein Mensch zu sehen, und er hat sich vorgenommen, diesen Platz mal jemandem zu zeigen. Er horcht in sich hinein, wen er dazu am liebsten einladen würde. Aber jetzt keine Zeit mehr verlieren und den kürzesten Weg zur Klinik einschlagen.

Zur Vorbereitung auf das Gespräch hämmerte er sich ein, sich nicht aus der Ruhe bringen zu lassen, letztlich doch eine Kündigung bzw. einen Auflösungsvertrag anzustreben. Er hatte die Klinik bisher nur selten bei normalem Tagesbetrieb erlebt. Im Chefsekretariat türmten sich unglaubliche Aktenberge. Eine verzweifelt, aber trotzdem irgendwie freundlich dreinblickende junge Dame, die er bisher nicht kannte, sah ihn fragend an. Er erklärte sein Anliegen, dass er herbestellt sei. Gleichzeitig stürmte der Verwaltungsleiter grußlos an ihm vorbei: „Ja das stimmt", bestätigte er aber den Termin.

„Frau Koslowski wollte dazukommen", und hatte schon die Klinke des Chefzimmers in der Hand.

„Die ist schon drin", sagte die Sekretärin und der Verwaltungsleiter verschwand.

Fischer stand unschlüssig herum.

„Sie können sich setzen - wenn Sie wollen auch draußen warten. Ich sage Ihnen Bescheid."

„Gut, ich setze mich auf den Flur." Da standen in einer Nische mehrere Sessel und einige medizinische Zeitungen lagen auf dem Tisch davor.

Plötzlich stand Fidi vor ihm, hatte einige Papiere unter dem Arm und sah ihn verlegen an.

„Du, ich kann nichts dafür, glaub mir. Ich weiß nicht was die von dir wollen."

„Wieso, blieb dem fast die Sprache weg, was hast du denn mit diesem Termin zu tun. Bist du etwa auch geladen. Na, das kann ja heiter werden", und konnte sich ein Lachen nicht verkneifen, klopfte sich dabei mehrfach auf die Schenkel und amüsierte sich über das betroffene, verschämte Gesicht des Kollegen. Die ganze Anspannung war plötzlich weg. „Sag bloß nicht, diese Aktion hier hat was mit dem Mundwasser zu tun. Ha, ha, das ist nicht wahr."

Fidi sah sich peinlich berührt um: „So genau weiß ich das nicht, aber nimm die Sache lieber ernster", äußerte er besorgt. „Da qualmt was, sage ich dir. Nimm das nicht auf die leichte Schulter!"

Dann ging die Tür zum Sekretariat auf und beide Köpfe der Wartenden bewegten sich ruckartig dorthin, aber es war nur die junge Dame.

„Sie sollen schon im großen Sitzungszimmer Platz nehmen. Die Herrschaften sind gleich so weit", war da ein leicht ironischer Unterton zu hören?

Fidi wusste sofort Bescheid. Das Sitzungszimmer war ganz in Schwarz möbliert. Ledersessel, hatten die in schlechten Zeiten an nichts gespart.

„Sieht aus wie in einem Beerdigungsinstitut", konnte es sich Fischer nicht verkneifen, und sie setzten sich nebeneinander an den großen viereckigen Tisch.

„Ziemlich viel Aufwand für ein bißchen Mundgeruch, was Fidi", wollte zwischen ihnen kein rechtes Gespräch entstehen, obwohl sie sonst selten Schwierigkeiten damit hatten.

„Da kann ich nichts machen. Der Tarnjek hat klar angeordnet, dass ich den Vorfall in das Stationsbuch aufnehmen muss und du weißt doch genau, dass dies zur BL geht."

Fischer sah, dass der Kollege ernsthaft betrübt war. „Ich mache dir überhaupt keine Vorwürfe, glaub mir", sonst hätte der vielleicht noch davon angefangen, dass er zwei kleine Kinder hatte. Und bei seiner

Ausbildung, er war ebenfalls Pflegehelfer, wie schwer das heute war, da eine vernünftige Anstellung zu finden, wo einigermaßen bezahlt wurde.

Er hatte das Gefühl ihn trösten zu müssen: „Nun glaub mir doch, da kann nichts passieren, mit dem ich nicht rechne", drückte er sich dann doch ziemlich unklar aus und beunruhigte Fidi damit noch mehr.

„Mach bloß keinen Scheiß, bei den paar netten Kollegen, die es hier gibt und das wegen sowas", war der jetzt richtig nett.

Endlich ging die Tür auf.

Die werden sich doch nicht nur wegen mir so aufgedonnert haben, dachte Fischer. Voran schritt die Pflegedienstleiterin in beigegelblichem Kostüm, Bluse mit steif hochstehendem Kragen, kerzengerade in Gang und Haltung. Dahinter der Verwaltungsleiter mit seinem leicht gebückten, schaukelndem Schritt in blauem Nadelstreif und merkwürdigerweise, Fischer wollte schon voreilig erleichtert aufatmen, dass ihm dieses Schicksal erspart bliebe, der ärztliche Leiter, als letzter. Er war ganz als Landadeliger, in Knickerbocker und in englischem Karo gemustertem Jakkett, gekleidet. Der Chef stützte sich schwer auf einen reichlich verzierten Krückstock mit hellem, elfenbeinfarbenem Knauf, plagte ihn wohl neben der Bürde des Amtes das Rückgrat oder Knie; gleich mehrere Gerüchte waren in Umlauf. Fischer hatte schon öfter von dessen zeitweise merkwürdigen Aufzügen gehört. Er konnte sich ein etwas schadenfrohes Lächeln nicht verkneifen, als der Chef sich mit schmerzverzehrtem Gesicht setzte. Die Rangfolge stimmte wieder als sich die beiden anderen der Betriebsleitung links und rechts von ihm plazierten.

Fischer fragte sich, ob ein gewissenhafter Arzt diesen Mann, der ihm jetzt direkt gegenüber sass, für arbeitsfähig halten würde. Die wäßrigen Augen waren tief in ihre Höhlen zurückgetreten, wurden von dunklen, fast schwarzen Rändern umgeben und seine Gesichtshaut war aufgedunsen, von Rissen durchsetzt. Kleine Adern und Blutgefäße waren angeschwollen, stachen rötlich hervor und oberhalb der Oberlippe hatte sich deutlich ein kleines Geschwür gebildet. Von dieser Verwachsung, die von einem Oberlippenbärtchen nur unzureichend verdeckt wurde, wusste inzwischen fast die ganze Mitarbeiterschaft, erzählte man es mit großer Schadenfreude weiter, wünschte ihm kaum jemand etwas Gutes. Wie weit entfernt hatte er sich von diesen Zuständen in der Klinik gefühlt.

„Es geht hier um Verfehlungen während Ihrer Dienstzeit und um Ihre nachlässige Dienstauffassung insgesamt", setzte der Häberlein, mit schneidendem, höhnischem Ton, ohne Einleitung zum Frontalangriff an. Dabei sah er um Zustimmung heischend zwischen seinen Sitznachbarn hin und her, machte eine lange Kunstpause, um dem Gesagten noch den notwendigen Nachdruck zu verleihen und äußerte dann zu Fidi gewandt: „Herr Janke, berichten Sie doch mal, was da vorgefallen ist." Um dies zu unterstreichen, schob er ein Stück Papier von sich, dass an Hand des Vordrucks unschwer als Pflegerbericht zu erkennen war.

Fischer sah, wie schwer der Kollege neben ihm schluckte. Wie hatte der sich denn sonst den Ablauf dieser Sitzung vorgestellt? Nun sollte er den Kollegen anschwärzen, war sozusagen als Zeuge aufgerufen. Er wollte ihm in der Antwort schon zuvorkommen, ihm diese Aussage ersparen, da antwortete der mit klarer Stimme: „Vielleicht können Sie mir mal sagen, warum Sie mich zu dieser Sitzung eingeladen haben. Ich kann Ihnen von keinen Verfehlungen oder Nachläs-

sigkeiten berichten, die es auf meiner Station gegeben hätte. Schon gar nicht, was hier den Kollegen
Fischer angeht. Wenn der Nachtdienst immer so rei-
bungslos verliefe, wie unter Herrn Fischer, dann hätten wir weniger Arbeit. Die Patienten fühlen sich ausgesprochen wohl, wenn er im Dienst ist, dass können
Sie selbst überprüfen."

Es entging Fischer nicht, dass die Koslowski den
Janke immer wieder wohlwollend anblickte. Ohnehin ließ sie auf den nichts kommen. Der hatte bei ihr
fast Narrenfreiheit und dass hier der Versuch gemacht wurde, ihr von ärztlicher Seite in den Pflegedienst hineinzureden, faßte sie dies vielleicht als persönlichen Angriff auf? Gab es da eine Diskrepanz in
der BL und handelte der Häberlein bei dieser Aktion
eigenmächtig ohne ihre Unterstützung?

Nun schob Häberlein wütend den Pflegebericht zu
Fidi hinüber: „Das haben Sie doch geschrieben oder?
Auf ihrer Station scheinen ja merkwürdige Zustände
zu herrschen."

„Den Bericht habe ich auf ausdrückliche Anwei-
sung von Dr. Tarnjek geschrieben. Dann befragen Sie
bitte den dazu. Ich selbst hätte diesem Ereignis wahrscheinlich nicht eine solche Bedeutung beigemessen

und dafür nicht extra einen Bericht angefertigt", drückte der sich nicht ungeschickt aus.

Dem Häberlein traten nun ganz eigentümlich die Augen hervor, als verliere er jeden Moment die Besinnung.

„Holen Sie sofort den Dr. Tarnjek her", fauchte er den Verwaltungsleiter an. „Das ist ja eine unglaubliche Unverschämtheit." Allerdings war nicht ganz klar, wem er diesen Vorwurf machte. Die Koslowski folgte seinen auffordernden Blicken nicht, ihm beizustehen, hatte ihre Lippen fest zusammengepreßt. Peinliches Schweigen entstand und ohne sich an den anwesenden Nichtrauchern zu stören griff Häberlein zu einer Zigarette, klappte dabei die vornehme rote Verpackung mit Goldschrift auf und verzichtete diesmal sogar darauf, sie den anderen aufzudrängen. Es gab halt nichts, wo er sich mit dem Gewöhnlichen zufrieden gegeben hätte.

Zu seinem eigenen Erstaunen war der Beklagte bisher selbst nicht zu Wort gekommen und auch jetzt wurden keine Anstalten gemacht, ihn in das Gespräch einzubeziehen. Mit erstauntem Gesicht blickte dann Dr. Tarnjek vorsichtig durch die Tür, stieß dabei leicht zischend die Luft durch seine Lippen, zog ein äußerst mißmutiges Gesicht und konnte sich die Bemerkung nicht verkneifen: „Ist wohl dicke Luft hier."

„Sie haben mir doch diesen Bericht zukommen lassen. Jetzt will keiner mehr etwas davon wissen. Ist das denn eine Narretei hier", konnte der Chefarzt sich endgültig nicht mehr beherrschen. Nun beugte sich Dr. Tarnjek neugierig über den Bericht.

„Das kann doch nicht wahr sein, dass hier wegen dieser Sache so ein Theater gemacht wird", war der nicht im geringsten eingeschüchtert. „Und deshalb holen Sie mich von der Arbeit weg?" Jeder wusste, dass mit ihm nicht zu spassen war, wenn er cholerisch ausrastete. „War das alles, weshalb ich herkommen sollte", stieg sein Stimmungsbarometer bedrohlich an. „Das ist doch eine reine Teamsache, die wir längst untereinander geklärt haben", nahm er dem Häberlein jetzt noch den letzten Wind aus den Segeln und ging ohne ein weiteres Wort zu sagen wutschnaubend hinaus.

„Und dann erklären Sie mir mal", wandte sich Häberlein nach Atem ringend endlich an Fischer, „erklären Sie mir mal, was es mit dem Damenbesuch auf sich hat, den Sie während des Nachtdienstes empfangen und außerdem sollen Sie ihre Arbeitszeit damit verbringen, Zeichnungen anzufertigen, die Patienten sogar zu malen?" Blankes Entsetzen zeichnete sich angesichts dieser Schandtaten auf Häberleins Gesicht ab und fast um Beistand flehend, blickte er dabei zur Koslowski. Jetzt musste sie ihn doch unterstützen.

Fischer überlegte ernsthaft, einfach weiter zu schweigen und abzuwarten, was dann wohl passierte. So entstand eine lange Pause und alle sahen ihn erwartungsvoll gespannt an. Ja, sie hatten schon öfter von seinen Eigenwilligkeiten gehört, aber auch davon, dass die Patienten voller Respekt waren, manche ihn fast ehrfürchtig behandelten, was bestimmt nicht nur mit seiner etwas entrückten Persönlichkeit, sondern auch mit seinen besonderen beruflichen Umständen als Beinah-Arzt, wie er manchmal über sich selbst spottete, zu tun hatte.

Zu dem Bericht gewandt sagte er dann sehr leise und angestrengt höflich, was ganz im Kontrast zu dem bisherigen Tonfall stand: „Es tut mit leid, wenn es wegen des Mundwassers zu Missverständnissen im Team gekommen ist. Ansonsten empfinde ich die Angriffe von Dr. Häberlein als unsachlich. Außerdem möchte ich Sie bitten, mein Arbeitsverhältnis zu lösen.

Einen entsprechenden Antrag habe ich schriftlich formuliert." Er greift in die Innentasche seiner schwarzen Lederjacke und übergibt dem Verwaltungschef das Schreiben. Gleich ein Kündigungsschreiben hervorzuholen wäre ihm zu spektakulär vorgekommen und so hält er sich noch Bedenkzeit offen, bis der Auflösungsvertrag ausgehandelt und unterschrieben ist, was im öffentlichen Dienst nichts Ungewöhnliches darstellt.

„Na sehen Sie's", kann Häberlein nicht mehr an sich halten, „... würde er doch nicht machen, wenn er keinen Dreck am Stecken hätte." Dabei schwingt er symbolisch seinen Krückstock und ergänzt: „Glauben Sie nicht, dass Sie so billig davonkommen."

„Das höre ich mir nicht mehr länger an", steht Fidi auf, sieht hilfesuchend zur Koslowski hin.

Die steht ebenfalls auf: „Mir reicht es ebenfalls. Vielleicht beruhigen Sie sich erstmal", sagt sie zu Häberlein, nicht ohne Ärger und gleichzeitigem Hohn in ihrer Stimme. Dann zu Fischer gewandt: „Wir reden noch mal in aller Ruhe darüber, treffen sie keine unbedachten Entscheidungen."

Häberlein hatte wieder einen dunkelroten Kopf bekommen: „Wer bestimmt denn hier ..., wer ...", fehlte ihm endgültig die Sprache.

Aber kurz entschlossen erhebt sich nun auch der Verwaltungsleiter: „Habe noch einen dringenden Termin."

Es ist nicht die erste Besprechung in der Klinik, die so oder so ähnlich zu Ende geht. Von den Kollegen weiß er, dass es aber meistens Häberlein ist, der vorzeitig geht, wenn ihm eine unangenehme Frage gestellt oder ihm der erwartete Respekt versagt wird. Lautes Türenknallen kündet davon, dass für ihn die Sache keineswegs beigelegt ist, der Mann vor Wut kocht.

27

Als sie aus dem Gebäudetrakt herauskommen, der, makaber genug, Führerbunker genannt wird, schaut Fidi Klaus traurig an: „Wegen dieser blödsinnigen Sache kannst du doch nicht deinen Job aufgeben. Der ist doch sowieso nicht ganz dicht. Jeden Tag ist jemand anderes dran, das hat mit dir persönlich doch nichts zu tun. Davon kriegst du in deinem Nachtdienst doch nur wenig mit. Ich habe ein schlechtes Gewissen. Hätte ich nur diesen schwachsinnigen Bericht nicht geschrieben."

„Mach dir keine Vorwürfe. Da ist noch mehr. Diesen Ärger könnte ich schon wegstecken. Ich habe ja im Gegensatz zu den anderen kaum Kontakt zu dem. Aber es ist schon ein starkes Stück, dass der sich als Moralapostel aufspielen will."

„Vielleicht sehen wir uns heute Nachmittag in der alten Spinnerei."

„Okay, ich bin auf jeden Fall da."

Fidi geht auf seine Station und Fischer will gerade die Halle durchqueren, da sieht er den Johanntoberens hinter dem Tresen. Er bleibt ohnehin gerne bei ihm stehen, um ein kleines Schwätzchen zu halten, und er weiß, dass der Mann einer der bestinformierten in der Klinik ist, an dieser Nahtstelle zwischen Drinnen und Draußen.

„Hallo, gibt es etwas Neues?", braucht er dem gar nicht zu erklären, worum es ihm geht.

Ohne weiters schenkt der ihm immer ein freundliches Lächeln, denn die Sympathie ist gegenseitig: „Sie werden es nicht glauben", zögert er sein Wissen noch etwas hinaus, „aber dem Postbeamten geht es besser."

„Was, ist ja toll. Das ist tatsächlich eine gute Nachricht. Muss ich wirklich sagen. Verdammt noch mal. Dann wird sich die üble Geschichte ja endlich aufklären. Die waren sogar schon bei mir, die Kripobeamten, weil die sich wunderten, dass ich um diese Uhrzeit noch da war", platzt es noch aus ihm heraus, hatte sich seine Aufregung noch nicht gelegt.

„Kein Wunder, der, ich sage mal bloß H..., soll ja einige Leute angeschwärzt haben, wie man so hört."

„Und, hat er schon eine Aussage gemacht oder wie geht es dem Beamten?"

„Man sollte es nicht glauben. Es soll ein Schädelbasisbruch sein. Ich verstehe ja nichts davon. Das müssen Sie besser einschätzen können als ich, aber jetzt kann er sich nicht mehr erinnern. Verrückt was?"

„Das kann doch nicht wahr sein. Hat er das Gedächtnis verloren?", schüttelt Fischer enttäuscht den Kopf.

„Es geht ihm erheblich besser. Ich habe mit seiner Frau telefoniert. Sonst kann er sich an alles erinnern, nur an diesen verdammten Sturz nicht. Wie das gekommen ist, davon weiß er nichts. Die Ärzte meinen,

es könnte noch wiederkommen, braucht vielleicht noch einige Zeit. Vielleicht fällt es ihm nicht mehr ein, kann auch sein. So genau wissen die das nicht. Jedenfalls sind erst mal alle froh, sage ich Ihnen."
Naja, das stimmt. Gut, das es ihm besser geht. Auf jeden Fall, das ist das Wichtigste."

28

Als Fischer die Tür zum Café schon halb geöffnet hat, schreckte er kurz zurück, bereute fast seinen Schritt. Was machte die jetzt hier, um diese Uhrzeit? Aber er konnte nicht mehr zurück. Da am Tresen sah er Gabi Müller. Sie sass und stand nicht richtig, hatte anscheinend wenig Übung darin, stützte sich mit beiden Unterarmen auf, lehnt an einem Hocker, und fühlte sich offensichtlich unwohl. Sie hatte ein Glas Tee vor sich stehen und sah ihn, nervös und verwirrt an. Er hatte schon eine Entschuldigung auf den Lippen, dass es ihm für heute an Problemen reiche, denn ihr Aussehen verriet nichts Gutes.

„Sieh mich nicht so entsetzt an. Ich weiß nicht, mit wem ich sonst sprechen soll. Ich habe schon telefonisch versucht, dich zu erreichen", kam sie ihm zuvor.

„Ich komme gerade aus einer Besprechung mit Häberlein, wo mir schwere Vorwürfe wegen meiner Dienstauffassung gemacht wurden, unter anderem wegen der Damenbesuche, wenn du weißt, was ich meine."

„Das ist doch das Allerletzte, was dieser Mann sich leistet. Meine Probleme haben ja auch damit zu tun", und erste Tränen lassen sich nicht mehr zurückhalten.

„Weißt du schon, dass der Postbeamte aus seinem Koma erwacht ist?", versucht er, sie auf ein anderes Thema abzulenken, hat wirklich keine Lust sich nochmals ihre familiären Nöten anzuhören. Gleichzeitig blickt er sie misstrauisch an, hat nicht vergessen, wie aufgelöst sie war, als sie den Postbeamten auf der Erde versorgte und dies als Ärztin. Eine Zeitlang ging es ihm nicht aus dem Kopf dieses Bild und verband sich mit anderen Wahrnehmungen: „Ich mache jetzt Schluß", hatte sie bei ihrem letzten Treffen geäußert, so dass er sich ernsthaft Sorgen machte, ihr Verhalten als erpresserisch empfand. Dann kam die Sache mit den Einschreiben hinzu. 'Schluß machen' und 'Einschreiben', da gab es unter diesen Umständen vielleicht eine schlimme Verbindung, von der nur er wissen konnte. Schnell hatte er diesen Gedanken wieder verworfen, zu abwegig erschienen ihm seine Schlußfolgerungen.

„Das mit dem Postboten, das war ich. So jetzt ist es endlich heraus. Ich wäre fast daran erstickt."

„Und ausgerechnet mir willst du das anvertrauen, mich zum Mitwisser dieser mysteriösen Geschichte machen?"

„Konntest du dir das nicht denken. Nach unserem Gespräch habe ich kurzerhand die Kündigung geschrieben. Der Häberlein hat mich schon regelrecht verfolgt. Er rief mich nicht nur während des Dienstes dauernd an, sondern sogar zu Hause. Dann stand der plötzlich angetrunken vor unserer Wohnungstür. Kannst du dir nicht vorstellen, diesen Terror? Bei der Visite putzte er mich in letzter Zeit immer wieder vor allen Ärzten herunter. Warf mir sogar Fehldiagnosen vor, drohte mit dienstrechtlichen Maßnahmen, wenn meine Arbeit nicht besser würde. Kannst du dir das vorstellen. Um dann einige Minuten später wieder anzurufen, um mich mit süffisanter Stimme wieder zu einem date in einer Nachtbar einzuladen und anzügliche Bemerkungen über meine Figur zu machen. Ich war total fertig."

Fischer will sie stoppen. Bloß das nicht. Was hat er mit dieser Affäre zu tun. Aber Gabi fängt erneut an zu weinen. Die Tränen kullern in großen Tropfen und trotzdem redet sie fast ruhig weiter. Sogar die Serviererin hinter dem Tresen sieht mitleidig herüber. Klaus gibt ihr ohne ein Wort ein Papiertaschentuch.

„Du weißt doch, dass wir völlig überschuldet sind, es oft nicht reicht, die notwendigsten Sachen einzukaufen. Aber das Schärfste habe ich dir noch nicht erzählt. Bei seinen Streifzügen durch die Halbwelt muss der Häberlein meinen Mann getroffen haben und ob du es glaubst oder nicht, er behauptete, er habe ihm Geld zum Spielen geliehen. Er machte mir an dem Tag, als ich dich besuchte, den Vorschlag, ich könnte es ja 'abbumsen'. Genauso hat er sich ausgedrückt!", schluchzt sie stark auf.

Sie machte eine Pause und wischte ihr Gesicht ab. Was sollte er dazu sagen? Vielleicht, warum sie denn nicht den Personalrat eingeschaltet habe, den überörtlichen Träger der Klinik. Dort stapelten sich schon lange ähnliche Geschichten ohne dass eine Regung kam und die Mitarbeitervertretung reagierte völlig hilflos, als ob hier ein gesetzesfreier Raum entstanden sei. Dieser Vorgang erklärte sogar, warum er nun selbst in Häberleins Visier geraten war, als dessen Rivale, bei Gabi. Ihm wurde kalt. Fröstelnd zog er seine Jacke zu und sah hilflos zu der jungen Dame hinter dem Tresen hin.

„Sag doch mal was."

„Wie ging es denn weiter, ... mit dem Postboten, wenn du schon angefangen hast ... ?"

„Zuerst war ich ganz erleichtert, dem die Sachen hinzuwerfen, mich aus diesem Druck zu befreien. Aber wir wären dann finanziell am Ende gewesen und eine neue Stelle zu finden, das versuche ich ja schon ein ganze Weile. Da sah ich morgens den Postboten, wir kamen fast gleichzeitig an. Ich hatte die ganze Nacht nicht geschlafen und weiß gar nicht wie ich auf die Idee kam. Jedenfalls fragte ich ihn, ob er ein Einschreiben für die Klinik habe. Ganz brav antwortete er mir, hielt mir die zwei gekennzeichneten Briefe sogar hin. Den einen erkannte ich sofort als meine Kündigung, hatte den Brief ja ganz korrekt aufgegeben, sonst hätte der Häberlein ihn vielleicht noch verschwinden lassen. Ganz sicher wollte ich gehen."

Sie machte eine Pause. Hatte inzwischen aufgehört zu weinen.

„Was dann passierte .... Ich griff nach dem Brief. Es war ganz instinktiv, kein bißchen überlegt. Der durfte ihn mir doch gar nicht einfach so aushändigen ...", fing sie wieder an zu weinen.

„Er zog die Briefe zurück. Sagte irgend etwas, sie müssten erst quittiert werden, dann könnte ich sie ja gleich haben. Ganz höflich war er, ahnte nichts Böses. Meinte wohl nur ich sei ungeduldig, wartete auf Post. Das war wie eine unbewusste Bewegung - mit der Handtasche am Kopf getroffen haben muss ich ihn. Dann nahm ich wie im Traum die beiden Briefe an mich. Konnte vor Aufregung nicht mehr unterscheiden, welcher von mir war. Es muss etwas Hartes in der Tasche gewesen sein, das ihn traf und dann ist er so unglücklich ausgerutscht, knallte auf die Mauer."

Sie weinte wieder, fing jetzt laut an zu schluchzen. Andere im Lokal wurden aufmerksam. Er nahm sie in den Arm. Sie drückte ihren Kopf fest an seine Brust.

„Verdammt. Was soll man dazu sagen. Dieses Schwein, verdammte ... ."

Tröstend streichelte er ihr übers Haar.

„Beruhige dich. Gott sei Dank geht es dem Postboten besser."

„Ja, Gott sei Dank."

29

„Wegen Umbau geschlossen", hatte da an der Eingangstür zur alten Spinnerei gestanden, als Fischer vor einigen Tagen wie üblich sein Mittagessen einnehmen wollte. Konnten die das nicht mal vorher ankündigen, hatte er sich frustriert umgeschaut. Aber wahrscheinlich hatte er das übersehen - sonst war in dieser stillen Gasse vor dem Fabrikgebäude kein Mensch zu sehen. Unschlüssig schob er das Motorrad zunächst zur Straße zurück. Nicht weit von der Eisenbahnunterführung zur Stadt hin gab es eine Gastwirtschaft. Er schob sein Fahrzeug wieder ein Stück zurück, stellte es in der Gasse ab und ging die paar Schritte zu Fuß. Durch den Spalt eines offenen Fensters sah er in die bürgerlich, ganz nach geschnörkelter Gutsherrenart, eingerichtete Schankstube. Es

schien kein Betrieb darin zu sein, schauderte es ihn
und er wollte schon umkehren. Aber da stach es ihm
ins Auge, gleich mit an oberster Stelle der ausge-
hängten Speisekarte, die schon reichlich vergilbt aussah, bestimmt schon seit Jahren nicht mehr ausge-
wechselt war, „mexikanischer Bohneneintopf". Er
horchte in sich hinein. Das Hungergefühl war stärker
geworden. Wenn es ging, wollte er seinem Stoff-
wechsel heute keine unnützen Experimente zumuten.
Also rein in die gute Stube. Nein, es hatte nicht jemand aus Versehen die Tür aufgelassen, denn da an
der Theke stand noch ein zweiter Gast und hatte ein
Glas von diesem 'braunen amerikanischen Gesöff'
vor sich stehen. Es war ein auffällig schlanker, gutaus-
sehender Mann mittleren Alters, der offensichtlich
nervös neben dem Barhocker stand und die Geld-
spielautomaten bediente.

Eine ältere, grauhaarige Frau erkundigte sich ohne
Freundlichkeit nach seinen Wünschen. Sie schien erleichtert, die Mittagszeit war fast vorbei, dass er keine
exklusivere Bestellung äußerte. Klaus setzte sich an die
Theke, fühlte sich dort wohler als wenn er alleine an
einem Tisch gesessen hätte. Er nippte an seinem
schnell gezapftem Bier, die Krone rann feucht

schimmernd am Glas hinunter, wartete auf sein Essen und war plötzlich fasziniert davon, dem Spieler zuzusehen. Der war einige Jahre älter als er, hatte stark gelocktes, zurückgekämmtes, dunkelbraunes Haar. Mit schmalen, fast zarten Händen hämmerte er unentwegt auf die roten Tasten, stop, go, hielt mit einer Hand das Laufwerk zu, das die Spielergebnisse anzeigte, um sie dann überraschend wegzuziehen, was wohl die Spannung noch erhöhen sollte.

An seiner intensiven Mimik und Gestik, mit denen er freudige Gefühle und Enttäuschungen ausdrückte, konnte man leicht den Spielverlauf ablesen. Der ganze Körper vibrierte, ging mit, als sei er ein Teil der Maschine. Er sprach mit den zwei Geräten, die er gleichzeitig bespielte, stieß unverständliche murmelnde und zischende Laute hervor und seine Blicke und Handbewegungen hasteten zwischen ihnen hin und her. Knackende Geräusche gab der Geldzähler bei jedem Gewinn oder Verlust von sich und zeigte das neue Guthaben mit weit sichtbaren leuchtenden Zahlen an, subtrahierte, addierte in einem fort, knack, knack. Lichter blinkten dazu auf, wenn die Risikotaste betätigt wurde. Helle Töne begleiteten den Erfolg, tiefe den Mißerfolg. In kürzester Zeit verschwand ein

Fünfmarkstück nach dem anderen. Eine besondere Melodie kündigte an, wenn dem gefräßigen Tier der Stillstand drohte. Der Spieler reagierte wie auf Kommando, gehorchte den verschlüsselten Befehlen des Apparates, war ihm unsichtbar angeschlossen, unterworfen. Seine Reaktionen und Empfindungen schienen sich danach zu richteten, was die geheimnisvollen Lichtsignale und Töne ihm suggerierten. Schweiß stand mittlerweile auf der Stirn des Spielers, äußerste Kraft schien es ihn zu kosten und scheu sah er mal zu Fischer hin, als erwarte er dessen Beistand. Die Zählwerke subtrahierten jetzt in einem fort, das Geld war weg und beide Geräte hielten plötzlich an. Verwirrt überprüfte der Mann seine Taschen, sah verzweifelt zu einer Stelle auf die Theke hin, wo er zuvor einige Geldstücke abgelegt hatte.

Seine Augen suchten das Gesicht der Wirtin, die müde und abgespannt hinter dem Tresen lehnte. Ein sehr einnehmendes Lächeln stand auf einmal auf seinem Gesicht. Wo kam das jetzt her? Wie aus einer fernen Welt, sagte er mit sanfter, eindringlicher Stimme, wies dabei mit einer Kopfbewegung zu seinem Deckel hin: „Entschuldigen Sie bitte, aber könnten sie mir noch einen Fünfziger?" Die Wirtin verstand seine

Sprache, griff in die Kasse und reichte ihm einen kleine Packen silbriger Münzen, die er schnell auf beide Hände verteilte.

Hastig begann er die inzwischen flehenden und bittenden Rufe der beiden Spielautomaten nach neuer Nahrung zu befriedigen: „Spiel weiter, lass jetzt nicht nach, gib dich nicht geschlagen, du wirst gleich fürstlich belohnt, nur noch ein kleiner Einsatz, dann wird das Glück dir holt sein und du gewinnst alles zurück."

„Der muss doch endlich schmeißen", entfuhr es ihm, mehr zu sich selbst gesprochen, um dann wieder entschlossen weiterzuspielen.

Fischers Suppe war inzwischen kalt geworden. Sie war ihm zu salzig, schmeckte zu sehr nach dem berühmten deutschen Suppengewürz, alles andere als feurig, südamerikanisch. Obwohl ihm allmählich der Nacken steif wurde, von seiner möglichst unauffälligen Beobachtung, hatte ihn der Spieler völlig in seinen Bann gezogen. Er bestellte einen Kaffee und sah, wie schnell das Geld wieder aus dem Zähler verschwand. Der Mann zitterte inzwischen, stützte die bebende rechte Hand mit der linken, um die Knöpfe weiter zu bedienen und vorsichtig die schneller und schneller dahinschwindenden Geldstücke einzuwerfen. Seine Gesichtsfarbe wirkte ganz grau, als drohte mit dem Geldverlust auch alles Leben aus ihm zu verschwinden und die Augen wirkten wie getrübtes Glas. Wie würde dieses Spiel enden? Der eine Speicher zeigte schon nach wenigen Minuten nur noch dreißig Pfennig. Zu wenig für ein neues Spiel. Schnell drückte er sie heraus, warf sie hastig mit Unterstützung beider Hände in das andere Gerät, wo ebenfalls nur noch eine kleine Restsumme vorhanden war.

Klick, klick, knack, knack, da waren es nur noch einszwanzig. Also noch für drei Spiele. Wenn er jetzt nicht gewann? Der Spieler schien vor innerer Anspannung zu bersten, trommelte mit den Fingern unruhig gegen die Maschine, beschwor sie mit eindringlichen Lippenbewegungen, aber die schien kein Erbarmen zu haben. Sinnlos griff er mit der Hand in seine geleerten Taschen, über die Theke. Auf einmal stand er dicht hinter Fischer, als ob er dessen Schutz suchte. Das Spiel war aus. Da war wieder dieses freundliche einschmeichelnde Lächeln, das wie programmiert wirkte und mit einer Stimme die sanft war, aber kaum Widerstand duldete: „Ich zahle dann gleich morgen, Frau Wirtin, komme wie immer um die

gleiche Zeit", und reichte ihr mit einer kleinen Ver-
beugung den Deckel. Mit schnellen Schritten hatte er
schon die Ausgangstür erreicht und ließ ihr gar keine
andere Wahl. Man sah, dass sie mit diesem Verlauf
nicht glücklich war, zog eine Schublade auf und hielt
dann mehrere Deckel in der Hand, die sie kopfschüttelnd wieder zurücklegte.

Was das vielleicht der ... . Klaus Fischer wagte es
gar nicht zu Ende zu denken und verschwieg Gabi
dieses Erlebnis.

30

Es ist, als ob bunte Blitze auf die Leinwand fahren. Er
hockt auf der Erde, von Farben umgeben, greift er
mal in metallisches Silber, etwas Blau, aber immer
wieder dieses feurige Rot. Begriffe fahren ihm dabei
durch den Kopf. Rote Eiszapfen könnten das sein. Er
greift mit den Händen in einen schwarzen Farbklecks,
umrandet damit grelle Farben, mischt mit dem Pinsel
noch etwas Gelb dazu. Seine Augen fahren öfter zu
dem hellen neutralen Giebelfenster, erholen sich von

dem Farbenschauer und es entsteht die nächste Inspiration.

Keine Tätigkeit sonst erfüllt ihn mit einer solchen inneren Befriedigung, Ruhe und Ausgeglichenheit. Überanstrengte er sich aber, verkehrte sich dies alles ins Gegenteil. Eine massive Unruhe, die sich sogar in Kreislaufstörungen niederschlug, schien ihn dann innerlich zu zerreißen und machte eine allzu lange Ruhepause notwendig. Die kreative Arbeit bedeutete für ihn ein Höchstmaß an Freiheit und Autonomie, gab ihm gleichzeitig eine Wärme und Geborgenheit, die er anders nie erfahren hatte. Nichts außerhalb dieses Vorgangs erreichte ihn mehr und machte ihn unabhängig von allen menschlichen Schwächen und Grausamkeiten.

Was ist das für eine Mischung, die sich ihm da aufdrängt, dieses metallische Glitzern, das grelle Rot. Plötzlich erschrickt er. Nein, das sind keine roten Eiszapfen, sondern Messer. Viele gleißend, im Licht gefährlich strahlende, blinkende scharfe Klingen, an denen Blut herabfließt, tropft, klebt. Erschöpft hält er inne, Schweiß steht ihm auf der Stirn. Überall ist Farbe verspritzt. Verdammt. Er muss es schnell von dem empfindlichen Holzfußboden aufwischen. Seine Kleidung ist nicht wichtig, aber der Fußboden, diese Sauerei. Ja, als ob ein Schwein abgestochen worden wäre. Mit dem Lösungsmittel und einem alten Lappen kriecht er auf der Erde herum, keucht, stöhnt, verausgabt sich jetzt ganz, beseitigt alle Spuren seines Exzesses, nur die Leinwand ist der Zeuge. Alles andere muss schnell in Ordnung sein, sonst kommt er nicht zur Ruhe, kann den Vorgang nicht abschließen. Das Putzen beruhigt ihn, seine Bewegungen werden langsamer. Nur noch die paar Spritzer da. Es ist noch nicht zu spät, geht noch leicht weg das Zeug. Da, wo kommt dieser schwarz glänzende Punkt her. Fast wäre er darauf zugekrochen, wie ein farbefressendes Tier, hätte beinahe mit dem Lappen noch einmal kräftig ausgeholt.

Er ist jetzt zu matt, sich zu wundern, noch einmal zu erregen oder gar einen Schreck zu bekommen, denn es sind glänzend schwarze Schuhe, die da vor ihm stehen.

Kann er nun da so hocken bleiben, seine von selbst zufallenden, völlig erschöpften Augen einfach schließen, sich hinlegen, schlafen? In den Schuhen stecken aber Beine, soviel kann er noch wahrnehmen. Sie kommen ihm näher. Irgend etwas greift in seine Haare, will ihn zum Aufwachen zwingen? Aber er will den Blick jetzt nicht mehr nach oben richten, rollt sich ein, verschränkt den Kopf zwischen die Arme, will nichts mehr sehen.

„Ruh dich aus", sagt eine sanfte Stimme oder ist es nur ein Traum, wie im Märchen, „ich hole dir eine Decke, die Tür stand auf, ich passe auf, bewache dich."

„Die Tür, dieses verdammte Schloß, ist es wieder von selbst aufgesprungen", spricht er unhörbar in sich hinein. Er spürt noch wie es dunkel und warm wird und fällt auf dem Boden liegend in einen unruhigen Halbschlaf.

Ein böser Traum hält ihn gefangen, der ihn schon öfter vor dem Aufwachen gequält hat: Verzweifelt versucht er seine Augen aufzumachen, aber die Augenlider sind bleischwer, lassen sich trotz großer Anstrengungen nur für kurze Augenblicke leicht öffnen und fallen unwillkürlich wieder zu.

Er ist erleichtert als er endlich ganz aufwacht, reibt sich die Augen und sieht wieder klar. Sein erster Blick fällt auf die munter tickende Standuhr auf der Kommode. Etwa fünf Stunden sind vergangen seit er die ersten Farben angerührt hatte. Draußen dämmert es.

Er wälzt sich herum. Niemand sonst befindet sich im Raum. Was hat er da bloß zusammengeträumt, ungläubig schüttelt er den Kopf.

Das Bild? Nein, besser jetzt nicht hinschauen. Das bringt jetzt nichts mehr. Er hat ohnehin die Zeit weit überschritten, die er sonst an einem Stück damit verbringt. Langsam erhebt er sich, faltet die Decke zusammen. Umständlich geht er um die Leinwand herum, wendet sich bewusst ab, will im Moment nichts mehr davon sehen.

Von der Küche unten steigt Kaffeeduft herauf und er hört Geschirr klappern. So schlimm ist es mit ihm also noch nicht. Jedenfalls der Besuch war keine Halluzination. Trotzdem geht er erst ins Bad, formt seine Hände zu Kellen, schüttet sich mehrfach platschend kaltes Wasser in das Gesicht, wird noch munterer und kämmt sich durchs das struppig hochstehende Haar. Die mit Farbe beschmierte Hose und das T-Shirt kann er später wechseln, stopft die Kleidungsstücke nur etwas zurecht, bevor er runter geht.

In der Küche hat Christine Weber den Kaffeetisch gedeckt. In der Mitte steht ein Teller mit Gebäck, das sie mitgebracht haben muss.

Sie strahlt ihn an: „Entschuldige, dass ich mich hier so breit gemacht habe. Hoffentlich habe ich nicht gegen irgendwelche wichtigen Regeln und Gesetze in deinem Haushalt verstoßen?"

Er lacht: „Nein bestimmt nicht. Einige davon haben inzwischen ausgedient."

„Wie meinst du das denn? Darf ich dich in den Arm nehmen und küssen, muss ich dich nicht danach fragen?"

„ Scheint ziemlich kompliziert zu sein, unsere Beziehung. Sei lieber vorsichtig", sagt er, als sie sich nähert. „Die Farbe, deine schönen Sachen. Ich habe mich noch nicht umgezogen."

Sie hat eins von diesen ganz engen Strech T-Shirts an, die ganz deutlich die Figur abzeichnen. So kann sie nicht gekommen sein. Ihre Jacke hängt über einem Stuhl.

„Siehst toll aus, so ganz in Schwarz", sagt er.

Dein Hemd ist viel interessanter. Ein richtiges Unikat." Mit den Fingern streicht sie über einige Farbtupfer.

„Ganz trocken. Kann nichts passieren."

Dann schmiegt sie sich ganz dicht an ihn und stellt sich auf die Zehenspitzen, hält lächelnd, demonstrativ ihren Mund hin, damit er sie küssen kann.

„Was ist nun mit der Beziehung", sagt sie dann etwas verlegen und gleichzeitig schelmisch.

Aber er fühlt sich von ihrem tiefen Ausschnitt abgelenkt: „Unglaublich wie die geschnitten sind", zieht er ihn mit einem Finger an der unteren Spitze ein bißchen weiter auseinander und kann die Augen nicht abwenden.

„Soll ich es ausziehen?", sagt sie noch gespielt lüstern.

„Nein, bloß nicht", sagt er empört.

„Gut, gut. Sag mal, wie magst du es denn gern?"

„Du hast ja heute schwierige Fragen. So ganz normal, glaube ich. Am liebsten ist es mir, wenn man deshalb nicht soviel Aufhebens macht."

„Wie meinst du das?"

„Na, sich ganz normal dabei verhält. Meinetwegen über die Tagesereignisse spricht, die neusten Zeitungsnachrichten, Börsenkurse, das letzte Fußballspiel des FC diskutiert oder von mir aus die Steuerreform."

„Ist nicht wahr?", fragt sie perplex, wird im Ausschnitt geküßt und lässt sich gerne zärtlich begrapschen.

„Bloß keine Umstände. Ob nun in der Küche oder im Bett, ganz alltäglich soll es sein. Möglichst jeden Morgen vor dem Aufstehen."

„Du bist verrückt, total pervers. Habe ich mir doch gedacht. So ein Künstler", sagt sie erregt, lehnt sich bequem auf den Küchentisch zurück und lässt ihn machen.

„Oh ...", korrigiert sich dann aber, „hast du denn schon Zeit gehabt heute, in die Zeitung zu schauen, oh ..., du bist aber sanft ..., was hast du denn sonst so angestellt. Musst dich aber geärgert haben. Das Bild, buh, oh, du, lass dir ruhig Zeit ..., eh, mit den Antworten meine ich. Wo hattest du denn so schnell das Kondom her, sag mal."

„Da aus der Schublade des Küchentisches. So was Praktisches gibt es heute gar nicht mehr, wird doch nicht mehr gebaut, so eine solide Arbeit."

„Bitte, bitte Klaus, oh je, was meinst du denn mit gut gebaut."

„Sitzt du doch drauf, stabile, massive deutsche Buche. Noch richtige Handwerksarbeit, der Tisch."

Oh ja, ja, toll, toll, fühlt sich sagenhaft an. Ich dachte immer die wären unempfindlicher, aber es kommt viel Wärme, ja Hitze rüber, durch dieses Gummi. Ist das eine Extraanfertigung?"

„Na, du wechselst aber sehr spontan das Thema, puh", sagt er leicht erschöpft. Bewegt sich schneller, kommt zum Schluß.

„Ich habe mich selten so gut unterhalten. Ich glaube auf diesem Gebiet kann in unserer Beziehung nichts schief gehen", sagt sie affektiert und steigt elegant vom Tisch, schnappt ein paar Kleidungsstük-ke vom Boden und schwenkt sie herum. „Vielleicht sollten wir morgens über die neusten Nachrichten und abends berufliche Themen, Steuergesetzgebung und Klinikinterna besprechen", und lacht herzlich dabei, betrachtet wie er umständlich das Gummi abstreift.

„Fragst du nicht, ob du gut warst?"

„Das liegt mir bei anderen Dingen auch nicht. In der Sexualität gibt es Schwierigkeiten, wenn man ihre Bedeutung übertreibt, meint, man müsste was Besonderes leisten, dem anderen etwas bieten oder so. Jeder ist für sich selbst verantwortlich. Konsumverhalten bringt auf dem Gebiet nichts."

„Dass du dir soviel Gedanken darüber gemacht hast." Stolz betrachtet sie ihn: kein Gramm Fett am Körper, muskulös, nicht gerade ein Riese aber für ihre Verhältnisse genau richtig groß. So hatte sie ihn schon vom ersten Augenblick an eingeschätzt.

„Meinst du, es gibt die Liebe auf den ersten Blick - albern? Als ich dich in der Praxis zum ersten Mal gesehen habe, hat es gleich gerappelt. Vielleicht hat man so ein inneres Bild, eine Phantasie, wie jemand sein soll und dann sagt es klick, wenn es zutrifft, denke ich oder findest du das blöd", hat sie wieder den Weg gefunden, über ihre Beziehung zu sprechen.

„Ist mir auch schon mal passiert."

„Danke, wer war denn das. Du schafft das bestimmt mit den zwei Frauen, so 'sachlich' wie du das anstellst. Brauchst ja nur genug Gesprächsstoff. Ich sage dir aber offen, dass mir das nicht mehr passt , auch wenn ich vorher anders geredet habe. Die Sache mit der Geschäftsübernahme ist nicht mehr das Problem. Im Gegenteil, kostet zwar immer noch eine Menge Zeit, aber das mit der Verantwortung macht ungeheuer Spass. Nun bin ich eben eifersüchtig auf dein Harem. So ist das."

„Als du da plötzlich bei der Tanzveranstaltung auftauchtest, hatte ich auf einmal das Gefühl, da war mehr. Die Sache mit der Gabi hatte sich vorher schon fast erledigt. Vielleicht lag es in erster Linie daran, dass ich dich kennengelernt habe. Ich glaube ich habe keine Lust mehr, mich in ihre komplizierte Familienangelegenheiten reinzuhängen. Die Beziehung mit ihrem Mann war für sie nicht erledigt, dass kam in den Gesprächen dauernd zutage. Es war für mich ein Alptraum, mir vorzustellen, dass sie plötzlich mit Kindern und Gepäck vor der Tür gestanden hätte."

„Das verstehe ich gut. Du lebst hier so frei und autonom, daran muss sich ja grundsätzlich nichts ändern. Wenn es dir gefällt, kann ich mal am Wochenende bleiben oder du kommst zu mir."

„Die Sybille, eine ganz junge Kollegin meinte neulich, zukünftig würde es Partner für verschiedene Lebensphasen geben."

„Ist nicht wahr? Na, was die wohl von dir wollte. Wie sieht sie denn aus?"

„Das darf man ja heute kaum noch sagen, ohne dass jemand mit irgendwelchen Witzen ankommt. Sie ist richtig hellblond und nicht mal doof, kein bißchen."

„Willst du mich eifersüchtig machen?", geht sie ihm neckend mit beiden Händen an die Kehle. „Und, habt ihr euch denn schon auf eine sogenannte Lebensphase geeinigt?"

„Ja", flüchtete er vorsorglich hinter einen Stuhl, „wenn ich neunundfünfzig bin."

„Dann hast du ja noch etwas Zeit für mich", versucht sie ihn einzufangen.

„Aber lass mal", wehrt er sie ab, „ die hat das sehr ernsthaft gesagt. Sie hat mich richtig nachdenklich gemacht. Heute sind doch schon beinahe die Hälfte der Ehen geschieden. Die Realität scheint dieser Idee schon längst zuvorgekommen zu sein."

Christine ist ziemlich ernsthaft geworden: „So intensiv habe ich mich damit bisher nicht beschäftigt. Trotzdem, die soll bloß die Finger von dir lassen, sonst ... ."

„Du siehst nicht so aus, als ob du bisher immer solo warst", sagt er nach einer Pause unvermittelt.

„Das ist ja erstmal ein Kompliment", wird sie sogar leicht verlegen.

„Keine Angst, es interessiert mich nicht, wer der Erste war oder so", und lacht etwas provokativ.

„Du kannst richtig zynisch sein. Stört dich das nicht, wenn da noch andere waren? Hat man was davon, das auszuwalzen?"

„Hm, meinst du das gehört nicht dazu, was man bisher so erlebt hat, zur eigenen Person, die eigene Geschichte sozusagen? Vielleicht geht es den anderen nichts an, lebt man besser ohne diese Vergangenheit - keine Ahnung. Aber warum sollte mich das stören?"

„Ich kann ganz schön eifersüchtig werden. Möchte manches gar nicht wissen und du mit deinem Hang zum Harem", lehnt sich auf die Tischplatte, stützt ihren Kopf mit beiden Händen und sieht ihn durchdringlich an.

„Das ist vielleicht mehr ein Zufall und, ich habe ja nichts verheimlicht. Wollte dir bestimmt nicht wehtun. Jedenfalls warst du ja in einer Lebensphase, wo du an einer intensiveren Beziehung kein Interesse hattest oder habe ich dich mißverstanden?"

„Mir wuchs eine Zeitlang alles über den Kopf. Warum soll ich es nicht sagen. Es war nicht nur das Berufliche - ich habe eine Weile mit jemandem zusammengelebt, musste das erst einmal verdauen. Ich weiß gar nicht wie ich es sagen soll, furchtbar die ganze Sache, grauenvoll."

„So schlimm?", war er erstaunt.

„Nicht was du vielleicht denkst. Total langweilig, nicht auszuhalten öde, unbeschreiblich. Der Typ war noch in der Ausbildung, jünger als ich, interessierte sich für nichts, außer seiner Musik, hatte ständig Kopfhörer auf oder zog sich ein dämliches Video nach dem anderen rein", sagte sie jetzt mit Ärger in der Stimme, überschlug sich fast. „Mit dem konnte man überhaupt nicht normal reden. Dauernd fragte er nur so überlegen grinsend, „kennst du die, schon mal gehört, cool, was, cool" und meinte seine Gesangsgruppen. Musst du nicht mal lernen oder sowas, fragte ich ihn öfter. Aber das ließ er völlig schleifen, kippte dann noch seine Prüfung, ging gar nicht hin, weil er sich krank fühlte."

„Die Menschen kommunizieren heute mehr mit Apparaten, verlernen, miteinander zu reden und zu leben. Irgendwie gehört beides zusammen. Diese Form der Zweisamkeit zwischen Menschen stirbt aus, glaube ich."

„Wenn ich an diese Beziehung denke, könnte ich dir recht geben. Allerdings rief dauernd seine Mutter an, manchmal mehrmals täglich. Wollte wissen wie es ihrem Sohni geht, obwohl bei dem ja nichts passierte, was der Rede wert gewesen wäre, außer Musikhören und Fernsehen eben. Dazu kam aber noch die Disco, das hätte ich beinahe vergessen und die Klamotten. Nur Markenware, obwohl der Schnösel kaum Geld hatte", ereiferte sie sich wieder. „Seine Mutter und ich mussten aushelfen, damit das Jüngelchen nach der neuesten Mode gekleidet war."

„Bist du nicht etwas ungerecht? Irgendwelche Qualitäten muss der doch auch gehabt haben."

„Entschuldige, aber es kommt mir noch heute die Galle hoch, kann ich mich noch wahnsinnig über mich selbst ärgern, dass ich so blöd war und das mitgemacht habe. Von vorne bis hinten bedienen lassen hat der sich auch noch, hat wohl irgendwelche mütterlichen Instinkte bei mir angesprochen oder so. Wenn ich aus dem Büro kam, habe ich noch für den gekocht. Nicht selten hatte er aber schon bei 'Mutti' gegessen", ist sie kaum zu bremsen, redet sich in Rage.

„Oh je, ich glaube da mische ich mich lieber nicht ein", sagte er mehr zu sich selbst.

„Was meinst du?", hatte sie ihn nicht verstanden und beruhigte sich sich etwas und lächelte ihn fragend an und fügte noch hinzu: „Ist vielleicht ganz gut, das mal loszuwerden."

„Kann sein. Mit diesem ganzen Haushalt und so, dass halte ich auf Sparflamme. Manche wundern sich, dass ich nichts im Kühlschrank habe, eh, und so weiter", reagiert er leicht verlegen. „Ich glaube ich habe eine Abneigung gegen diese perfekten Haushalte, dieses grauenvolle Bekochen. Das nimmt soviel Zeit und Energie in Anspruch und dieses ständige Aufrechnen wer was und wieviel getan hat. Wahnsinnig. So ein Zusammenleben stelle ich mir schrecklich vor. Den Ansprüchen des anderen gerecht zu werden, immer aufzupassen, dass sich niemand benachteiligt fühlt, ohne dabei die eigenen Interessen zu opfern. Ich habe noch andere Ziele, als dieses Kunststück einer Zweierbeziehung zu bewältigen, mir da einen Orden zu holen."

„Daran gehen wahrscheinlich viele Beziehungen kaputt, an so einem Denken", sagte sie ohne jeden Vorwurf in der Stimme.

„In der Klinik bekomme ich häufig mit, wie bestialisch die Leute leiden, wenn es zum Bruch kommt, vor allem wenn Kinder da sind. Oft flippen die Patienten dann aus, brechen wie besinnungslos die Therapie ab. Manchmal denke ich, die Männer sind noch schlimmer dran als die Frauen.

„Warum das denn?"

„Denen bleibt doch meistens nichts. Die Wohnung, die Kinder, alles weg."

„Die Frauen stehen aber da, mit der ganzen Verantwortung, Arbeit, das darfst du nicht vergessen."

„Hast recht. Manchmal ärgert mich, dass die nicht die 'Lebensphase Kinder aufziehen' irgendwie vernünftig hinkriegen. Und sei es, dass man wirklich mal toleranter ist, Kompromisse eingeht."

„Darum kümmert sich bei uns kaum einer, wie die Kinder damit fertig werden. Aber du bist gut, erst zieht man die Kinder auf und sieht sich dann nach einem neuen Partner um oder wie stellst du dir das vor? Dann hält man das vielleicht vorher vertraglich fest, notariell beurkundet und auch der Steuerberater sollte hinzugezogen werden", setzte sie ironisch lächelnd hinzu."

„Partnerschaft muss möglicherweise neu definiert werden. Wenn man weniger engstirnig herangeht, sind eventuell andere Modelle des Zusammenlebens denkbar als heute, unter denen die Menschen weniger leiden.

Sie schmiegt sich erneut eng an ihn. Eine ganze Weile bleiben sie so stumm stehen.

„Wenn wir uns bloß häufig so intensiv unterhalten können. Du siehst so aus", schaut sie neugierig an ihm hinunter, „als ob du nochmals Lust hättest, die ganzen Nachrichten von gestern zu besprechen."

31

„Das war's", klappt der Polizist die Akte zu, als Gabi Müller den Raum verlassen hat.

„Oder hätten wir sie festnehmen müssen?"

„Quatsch. Der Fall ist doch vollständig aufgeklärt. Es gibt doch keine Flucht oder Verdunklungsgefahr. Ein perfektes Geständnis."

„Wenn ich mir diese Geschichte anschaue, könnte ich explodieren, sage ich dir", schlägt der eine Beamte noch mal symbolisch die Akte auf.

„Unglaublich und wie der sich aufgeführt hat. Schwärzt andere an und uns führt er regelrecht an der Nase herum, würde ich sagen. Der wollte sich wahrscheinlich an seinem Nebenbuhler rächen, wo er selbst nicht zum Zuge gekommen ist."

„Meinst du nicht, dem sollten wir mal auf den Zahn fühlen. Wer sich so benimmt hat doch noch mehr auf dem Kerbholz. In dieser Sache hier ist ihm allerdings kaum etwas Strafbares nachzuweisen."

„Aus der Aussage geht aber hervor, dass er möglicherweise öfter betrunken mit dem Wagen unterwegs ist."

„Du, die Arbeit fängt wieder richtig an, mir Spass zu machen."

„Das ist mir noch zu wenig. Dem können wir doch eine richtige Abreibung verpassen."

„Eine Hausdurchsuchung zu mindest, meinst du?"

„Ja, ich halte die Erfolgswahrscheinlichkeit für hoch, dass wir bei dem fündig werden."

„Wenn wir nun einen anonymen Anruf bekommen hätten, was das Betäubungsmittelgesetz angeht?"

„Hat die Müller nicht gesagt, er stand unter Stoff als er plötzlich vor ihrer Haustür klingelte und sie belästigte."

„Ich denke, wir haben da einen großen Fehler gemacht und dies leichtfertig als Alkohol eingestuft."

„Ist da nicht sogar unmittelbar Gefahr im Verzug?"

„Vor allem, bei den Möglichkeiten, die ihm da schon von Berufswegen offenstehen."

„Legen wir die Akte und insbesondere diese Aussage dem Staatsanwalt vor? Wahrscheinlich macht der sogar mit."

„Ich meine, das ist nicht einmal nöt

32

Leise klopfte es. Der Mann mit dem dicken Verband um den Kopf blickt erstaunt zur Tür als sie sich dann vorsichtig öffnete. Es war noch keine Besuchszeit, gerade erst waren die Frühstückstabletts weggeräumt. Das Personal klopfte hier nicht an, dafür hatten die zu viel zu tun. Eine Frau in weißem Bademantel erschien, hatte sich wohl in der Tür geirrt? Mit einem sanften Lächeln wollte er sie schon aufklären. Die Flure und Türen sahen hier alle gleich aus, das konnte jedem passieren. Flüsternd, als wolle sie ihn auf keinen Fall stören, wünschte sie ihm einen guten Morgen. Ihr Lächeln wirkte gequält und es kostete sie offensichtlich große Überwindung, zu ihm ins Zimmer zu treten. Die Hände hielt sie vor sich gefaltet und suchte offensichtlich nach den richtigen Worten ihn anzusprechen. Der Postbote blickt sie verwundert an, als sei sie eine Erscheinung. Gut sah sie aus, sehr gut. Aber mit diesen furchtbaren Alpträumen während der Bewusstlosigkeit, das war doch wohl vorbei. Was die wohl im Schilde führte. Aus den Krankenhäusern hörte man ja so allerlei oder, kannte er sie nicht?

„Ich weiß nicht, ob sie sich an mich erinnern?", fragte die Frau mit fast tonloser Stimme.

„Mir kam auch gerade der Gedanke, dass ich sie kenne. Vielleicht stellen wir uns einfach vor, es muss sie ja etwas herführen", sagte er ohne Umschweife.

„Dr. Gabi Müller, aus der Fachklinik für Suchtkranke. Aber erschrecken sie nicht."

„Ach, bin ich blind, selbstverständlich, dass ich Sie nicht gleich wiedererkannt haben."

„Und Sie sind der Postbote."

„Na, das will ich meinen. Jetzt geht es aber direkt in die Pension, bei den mürben Knochen, sage ich Ihnen. Das war ja ein böser Ausrutscher."

„Wissen Sie denn nicht mehr?"

„Wenn ich Sie jetzt so ansehe, hatten wir nicht kurz vorher ein Gespräch, fragten Sie mich nach einer Briefsendung? Die Herren von der Polizei haben mich da schon so gelöchert, ob mir noch was einfiele, mich jemand geschubst hat oder schlimmer. Aber was soll jemand von einem Postboten wollen - das bißchen Geld? Nehmen Sie doch Platz, daran hätte ich gleich denken können. Holen Sie sich den Stuhl näher heran. Sie haben doch was auf dem Herzen, junge Frau."

Gabi Müller fängt an zu weinen. Die Tränen fließen in Strömen, aber sie versucht jeden Laut dabei zu unterdrücken: „Wenn ich sie zu sehr belaste, sagen Sie es sofort, dann komme ich später wieder?"

„Sie belasten mich nicht, frei heraus. Ich liege hier nur faul herum, falls ich müde werde, sage ich Bescheid", wird er doch ernsthaft.

„Es hat mit Ihrem Sturz zu tun. Ich muss Sie um Verzeihung bitten, weil ich was damit zu tun habe."

„Sie was damit zu tun haben?", wiederholt er erstaunt und lächelt sie trotzdem freundlich an.

„Ja, ich war auch schon bei der Polizei und habe alles zu Protokoll gegeben. Aber ich wollte es Ihnen gerne persönlich sagen, dass es mir zutiefst leid tut und dass es nicht zu verzeihen ist, was ich da gemacht habe. Darf ich Ihnen ganz kurz eine kleine Vorgeschichte erzählen, wie das passiert ist. Es geht ganz schnell und würde mich so erleichtern, wenn sie alles von mir erfahren und nicht durch die Polizei."

„Dann legen Sie mal los."

33

Gabi bricht wieder in Tränen aus, als Sie endet.

„Hier sind noch Taschentücher genug", sagt er und fügt hinzu: „Das ist ja unglaublich, was Sie da mitgemacht haben. Und die Kündigung ist dann nicht angekommen, die haben sie zurück? Bin doch froh, dass das mit der Pension nun durchgeht, das haben die mir von der Personalabteilung jedenfalls fest versprochen. Der Postbote hat nicht immer mit angenehmen Dingen zu tun, glauben Sie mir, da kriegt man Einiges zu sehen und zu hören. Und nun haben Sie das schon so der Polizei zu Protokoll gegeben?", fragt er mehr zu sich selbst.

„Schön, sehr schön, dass Sie den Mut hatten, zu mir zu kommen", sagt er dann.

Vorsichtig hat sie ein paar Finger auf seine Hand gelegt. Er hat selbst Schwierigkeiten, eine Rührung zu verbergen.

„Hoffentlich lassen die sich dann von der Polizei mal blicken, dass ich die Sache richtig stellen kann. Inzwischen erinnere ich mich wieder an jede Einzelheit." Sie blickt in erstaunt an.

Da hält er ihre Hand fest: „Sie sind an dem Morgen bestimmt sehr aufgeregt gewesen, aber mit der Handtasche, dass Sie da nach mir geschlagen hätten, das stimmt nicht. Wahrscheinlich sind Sie da ebenfalls gestolpert, auf dem glatten Boden. War vielleicht so eine Reflexbewegung. Und die Einschreiben hatte ich Ihnen schon ausgehändigt, damit sie nachsehen konnten, ob was dabei war, bevor ich Dussel dann so unglücklich hingefallen bin", sagte er ganz ernst. Das verschmitzte Lächeln verschwand ganz aus seinem Gesicht. „Ich hoffe nicht, dass Sie es wagen, einem alten, schwer verletzten Mann zu widersprechen. Wenn meine Frau nachher kommt werde ich ihr sofort sagen, dass ich mich wieder an alles erinnere und sie soll der Kripo Bescheid geben, dass ich dringend eine Aussage machen möchte."

„Entschuldigen Sie, aber ich bin jetzt doch etwas müde", und dann nahm er ihre andere Hand, die auf der Höhe der Pulsader einen dicken Verband trug:

„Und das machen Sie nie wieder, versprechen Sie mir das?

34

Mehrfach hatte Klaus die Karte wieder in die Hand genommen, die Gabi ihm vor zwei Tagen geschickt hatte. Aber seine Nachtdienstzeit war beendet und es lag noch gut eine Wochen freie Zeit vor ihm. Dienstlich hätte er sie ohnehin nicht treffen können. Aber doch wenigstens anrufen wäre möglich gewesen, plagte ihn wieder das schlechte Gewissen. Ihre Dienstnummer hatte er doch im Kopf. Sich bei ihr zu Hause zu melden, hätte er schon deshalb nicht getan, weil er ihren Mann nicht brüskieren wollte. Das fehlte dem wahrscheinlich noch, dass der Liebhaber der Frau da anrief. Dieser eigentümliche Text ihres Schreibens ging ihm nicht aus dem Kopf: *Lieber Klaus, ich habe dich wirklich geliebt. Danke für alles.*

Zog man so einen Schlußstrich oder steckte mehr dahinter. Die beunruhigenden Gedanken blieben

„Das Geräusch kenne ich doch", hob Pagel interessiert den Kopf, als er das bekannte Tuckern, des Zweitackters von Fischers Motorrad hörte.

„Das wird hier noch zu einer Zweigstelle von unserer Klinik. Eure Bohnensuppe ist nicht zu verachten. Hätte ich nicht gedacht", löffelte Fidi anerkennend pustend und leicht genüßlich schmatzend das heiße Gebräu in sich hinein. Ihr führt ein Leben", fügte er noch hinzu, als Fischer zu ihnen an den Tisch kam.

„Bist du schon wieder am Jammern, mit deinem schweren Job als Familienvater und so? Wir könnten dich ja mal ablösen, so ab und zu für ein bis zwei Wochen."

Pagel war ganz begeistert: „Da war gerade ein Spielfilm darüber. Allerdings war das eine Mutter, die mit einer alleinstehenden Frau tauschte."

„Das würde euch so passen, so ganz unverbindlich alles haben und wenn es einem auf den Wecker geht, kommt die Ablösung!"

„Wir wollten dir ja nur helfen", sagt Pagel nur gespielt beleidigt.

„Sagt mal Leute, gibt es in der Klinik was Neues", kann Fischer jetzt seine Neugierde nicht mehr unterdrücken.

„Habe ich gar nicht dran gedacht, du warst ja die ganze Zeit nicht mehr da. Weißt du etwa nicht, was inzwischen alles passiert ist?"

„Wenn du mich noch etwas auf die Folter spannen willst, bitte?"

„Ich weiß gar nicht, wo ich anfangen soll. Im Moment ist in der Klinik nichts mehr beim Alten. Du hast doch hoffentlich den Auflösungsvertrag nicht unterschrieben."

„Übertreibe es nicht Fidi", mischt sich der junge Pagel jetzt ein.

„Da mach dich mal auf was gefaßt, wenn du bisher nichts gehört hast."

„Vielleicht die gute Nachricht zuerst. Den Häberlein haben sie gefeuert, fristlos", macht Fidi erst einmal eine Pause und genießt das überraschende Gesicht des Kollegen. Hätte ich gewußt, dass du nicht im Bilde bist, hätte ich dich sofort angerufen. Wenn ich bloß an unsere Besprechung mit dem denke, da könnte ich noch vor Wut platzen."

„Aber warum, was hat ihm denn das Genick gebrochen?"

„Die Polizei hat bei ihm eine Hausdurchsuchung durchgeführt und, halt dich fest, man soll unter zahlreichen morphinhaltigen Medikamenten sogar Kokain gefunden haben."

„Kokain?, und wieso unter anderem."

„Soll ganz offen rumgelegen haben, neben Bergen von verschreibungspflichtigen Betäubungsmitteln. Hat ansonsten in der Wohnung ausgesehen wie auf einer Müllhalde. Eine Nachbarin, die im Elisabethhospital arbeitet, hat das mitbekommen. Das war aber noch nicht alles."

„Gibt es doch gar nicht!"

„Es wurden außerdem sehr verfängliche Fotos gefunden. Ein Spanner war der auch noch. Abends hat er von draußen in die Zimmer der Patientinnen hinein fotografiert. Weißt du nicht mehr, dass die sich öfter beschwerten, da mache sich jemand vor ihren Fenstern zu schaffen. Der Weg an diesem Gebäude wurde doch schon für die Mitpatienten gesperrt. Das hat er selbst angeordnet!"

„Ja stimmt."

„Was war bei dem eigentlich normal."

„Und der Frau Müller geht es wieder gut", schickt Fidi schnell hinterher.

„Wieso, was war denn mit der?", sieht Fischer plötzlich ganz bleich aus.

„Es schien zunächst so als habe sie was mit der Geschichte von dem gestürzten Postbeamten zu tun. Jedenfalls hat sich das nicht bestätigt. Sie hat einen Selbstmordversuch unternommen. Du weißt ja, ihr Mann!? Ist aber wieder top oben auf", fügt er schnell hinzu, um Fischer nicht unnötig zu quälen.

„Mit dem Postboten das war nur ein Ausrutscher. Das Gedächtnis ist wieder voll da. Mehrere haben die beiden, die Müller und den Beamten schon im Krankenhaus besucht. Wolltest du was zu den Blumensträußen dazutun, die die Großekathöfer für sie besorgt hat?"

„Klar, blöde Frage. Und der Häberlein?"

„Sitzt im Knast. Ist doch ganz normal, bei diesen Delikten!"

„Aber dafür haben wir jetzt Schafe."

„Äh, wie, äh, was?"

„Der Klappe wird doch nicht. Hat der euch jetzt, hat der euch jetzt etwa mit Schafen belegt?"

Da müssen alle lachen, halten sich den Bauch fest.

„Zuzutrauen wäre es ihm ja."

Aber Fidi ist aufgefallen, dass Klaus zweimal 'euch' gesagt hat. Das ist bei dem kein Zufall. Er fragt nicht nach - mischt sich nur etwas Trauer in sein Lachen.

„Nein", sagt er, „nicht der Klappe, sondern der Verein für Behinderte hat die fast achtzig Tiere geschickt und wir haben doch diese riesigen freien Grünflächen."

„Ja, ist doch schade, die immer nur abzumähen - fast Umweltverschmutzung."

„Toll, einfach toll."

„Die Patienten von der Aufnahme sind ganz begeistert, fühlen sich besser mit den Tieren - gerade in der ersten schwierigen Zeit."

„All freuen sich darüber und erst die Lämmer, wie unbefangen die herumtoben."

„Aber die Schafe mussten sich erst daran gewöhnen, an ihr neues Heim, auf unserer Wiese. Ganz ängstlich in eine Ecke gedrängt, unter der großen Hängeweide, hatte sich die kleine Herde am ersten Tag."

„Jetzt nicht mehr", sagt Pagel fast erschrocken, „jetzt nicht mehr."

„Ich bleibe öfter stehen und schaue nur kurz zu."

„Sie tun uns alle gut, nach all der Aufregung - beruhigen irgendwie."

„Und weißt du, wo die den Sommer verbringen?"

„Keine Ahnung."

„An der Nordsee, Junge, da stärken sie sich auf den Deichwiesen für den Winter."

„Das ist aber ein langer Weg für Lämmer", schüttelt einer ungläubig den Kopf.

„Die werden natürlich auf die Bahn verladen, Dussel."

„Hauptsache sie kommen wieder."

E n d e